日本ＳＦ精神史

幕末・明治から戦後まで

長山靖生
Yasuo Nagayama

河出ブックス

目次

序章

近代日本SF史——「想像／創造」力再生の試み

歴史的な未来を所有するために

本書は日本SFを、百年を超える射程でとらえ、ひとつの連続した歴史としてたどろうとしている。幕末期（一八五〇年代）に書かれた架空史から、明治の未来小説・冒険小説、大正・昭和初期の探偵小説・科学小説を経由し、一九七〇年頃の星新一・小松左京・筒井康隆ら現代SF第一世代の活躍までを、一貫した問題意識を持つ体系として描き出したい。それは同時に、近代日本が内包していた想像力の多様性を明らかにすることであり、文学史・社会史のなかにSF的作品を位置づけしなおす営為ともなるはずだ。

SFは「新しさ」を帯びたジャンルだが、しかし歴史を持たないわけではない。その歴史的源泉についても、文学方面からは柳田泉の先駆的研究をはじめとして、紀田順一郎、前田愛、平岡敏夫各氏らの優れた研究があり、ミステリー研究にもSF史への示唆に富むものが数多くある。またSF界では石川喬司氏が早い時期に古典的SF作品に検討を加え、横田順彌、會津信吾両氏らが「古典ＳＦ」研究として、多くの埋もれた作品を発掘してきた。しかし作品の「発掘」という言葉に象徴されるように、これまでもっぱら先駆的ＳＦの研究では、考古学的な方法がとられてきた。もちろん百年前のうずもれた作品を再評価し、その面白さを紹介することは、それだけで十分に意義深く、困難な仕事だ。私はかれこれ二十年余り、横田順彌氏の研究ぶりを間近で見てきたので、その大変さはよく承知している。そして、だからこそ百年単位で、戦前と戦後をつないだ日本ＳＦ史を書くという仕事に挑みたいと考えるようになった。

先行研究によって明らかにされた先駆的なＳＦ作品をつなげて、歴史化するのが私の願いだ。この「歴史化」とは、単に過去に書かれたＳＦ作品を編年的に整理して叙述するというだけではなく、近代日本が培ってきたＳＦ的な発想、その想像力の系譜を現在につながる生命あるものとして確認するという意味を含んでいる。

取り立ててわざわざ意識しなくても、今ではＳＦあるいはＳＦ的発想は、世の中にあふれている。われわれは毎日「未来」という言葉を耳にしているし、「もし○○だったら」と考える。しかし、未来に希望と驚きがあり、仮定の思考を積み重ねることが前向きな態度として賞賛されるようになったのは、近代以降のことだった。従来の価値観では、「あるべき理想」は未来ではなく、聖人君子がいた昔に求めるべきものだった。文明開化の時代となり、西洋近代に学ばねばならないという気運が高まると、日本でも進歩や未来が重視されるようになったが、こと文学の分野では、近代文学が成立・発展する過程で、未来社会への空想を作品に取り入れることの可否をめぐって、幾度も議論が戦わされた。こうした議論は、明治二十年代に森鷗外や坪内逍遥が関わったものもあれば、昭和初期に江戸川乱歩や海野十三が関与したものもあり、さらには戦後になってからもSF批判の文脈のなかでしきりに唱えられ、星新一や小松左京らを苛立たせもした。

最近、世の中はすっかり暗くなってしまって、未来を想像するのが辛いという人も少なくないかもしれない。「可能性」や「自由」や「競争」といった言葉も、今では当たり前を通り越して、あまり言われたくない義務としてしか感じられないかもしれない。しかし究極の格差社会である身分制度に苦しめられていた人々にとっては、競争や自由が輝かしく見えたに違いない。そうした「近代の黎明／SF草創期」の感動を取り戻すことは、今のわれわれにはとても大切なことだと思われる。

科学小説、空想科学小説、SFと「古典SF」

SF史を書く場合、まず問題になるのは、SFの起源をどこに置くかだ。

SFというジャンルの成立は、新しくて古い。遡ればどこまでも古く、人類の想像力の始まりの地点までも遡ることができるだろう。実際、『オデュッセイア』や『聖書』、日本なら『古事記』や『竹取物語』をSFとして読むことだって、不可能ではない。

一方、このジャンルを厳格に規定する者は、一九二〇年代にその起源を求めるのが通例だ。サイエンス・フィクションというジャンル名は、アメリカの作家ヒューゴー・ガーンズバックが一九二六年にSF専門誌「アメージング・ストーリーズ」を創刊した際、まずサイエンティフィクションという造語を提示し、続いて一九二九年に創刊した「サイエンス・ワンダー・ストーリーズ」を通じてサイエンス・フィクションという名称で一般化をはかった。それがやがてSFという略称となって普及した。

しかし、ジャンル名としてのSFが確立したのがこの時期だったからといって、作品としてのSFが生まれたのもまた、この時期まで待たねばならないということにはならない。この新語・新概念を提唱したガーンズバックの小説が、今日ではあまり熱心に読まれていないことが、逆説的に示唆しているように、イデオロギーとジャンル的作品の誕生は無関係ではないものの、同一ではない。

一般的に初期のSFという時、われわれが思い浮かべるのはジュール・ヴェルヌやH・G・ウエルズの作品だ。あるいはメアリ・シェリーの『フランケンシュタイン』（一八一八）であり、エドガー・アラン・ポーの作品群であろう。それらはいずれも近代の機械文明が、明るい驚異ばかりでなく、いささかの恐怖をもって社会に浸透しはじめた時代の産物であり、伝統的な古典的教養以上に、最新の科学知識に通暁することが重要だと考えられるようになった時期に発生した文学だった。ヴェルヌが活躍した時代には、まだSFという名称はなく、ウエルズの作品はサイエンス・ロマンスと呼ばれた。しかし名称はなくても、たしかにSFは生まれていたのである。概念に先行して、あたかも存在しない未来そのものを生み出すかのようにして、SF概念以前にSF作品が生まれていたことを、私は深い感動をもって受け止めたいと思う。

だから日本SFがいつ始まったのかという問いは、日本の近代がいつ始まったのかという問いと連動している。教科書的な歴史区分では明治維新をはさんでそれ以前を近世（江戸時代）とし、以降を近代と称するのが一般的だ。だが、江戸後期には、流通システムや金融制度は幕府の規制にもかかわらず、すでに近代的な段階に達していたし、蘭学の知識や独自の発展を遂げていた和算も、近代科学のレベルに到達していた。その一方で、文学観や宗教観は、明治以降もしばらくは前近代的な価値観に支配されていた。

用語にこだわるなら、「科学小説」という日本語は明治十九（一八八六）年に造語されている。これはフランスでヴェルヌが活躍していた時代と重なるもので、実際、その後長らく、サイエンス・ノベルの訳語として、またSFを意味するジャンル名として使用された。その後、昭和七（一九三二）年には「空想科学小説」という名称が、SFとほぼ同義で用いられた例がある。さらに、ガーンズバックの運動とほぼ時期を同じくして、日本でも科学文芸運動が試みられたことがあった。日本SFは、たしかに百五十年以上前から、同時代の世界的な政治情勢や文化事情の影響を受けつつ独自の展開をみせ、時には世界のSF潮流に先駆けて発展してきたのである。

日本でSFという語が一般読者にも定着したのは、昭和三十四年の「SFマガジン」創刊によってだったが、通常は一九四五年の終戦を境にして、それ以前の作品を「古典SF」と呼ぶのが一般的である。しかし本書では、戦前SFと戦後SFの連続性にも目を向けたいと思う。実際、海野十三や大下宇陀児は戦後も現役作家であり続けたし、戦後いち早く登場した手塚治虫や香山滋は海外SFからの影響以前に、戦前期SFの影響を強く受けて登場した作家だった。

彼らもまた古典ＳＦの作家だったのである（ちなみに「古典ＳＦ」という名称には、ジャンルが未確定だった時代に書かれ、その「存在しない概念」を呼び起こす力を持っていた作品、作家への畏敬の念がこめられている）。

本書はＳＦ史という過去に向かう旅であるが、それは同時に近代日本が求めた未来や理想や宇宙をたどる旅ともなるはずだ。私はこれから紹介する本たちにふれるたびに、自分たちが何と豊かな未来を所有していることかと、眩暈にも似た感動を覚える。われわれはその貴重な未来を獲得し直すためにも、古典的ＳＦ作品を歴史化し、その現代につながる連続性を再確認しなければならない。

凡例

一、雑誌名、雑誌掲載作品名は「　」、単行本書名は『　』で表示し、引用文は〈　〉で示した。

二、引用文中の正漢字は新字体に改めたが、仮名遣いは原文のままとした。読みやすさに配慮して、一部、句点を補い、送り仮名を片仮名から平仮名に改めたものもあるが、語句はすべて原文どおりとした。

三、明治期の作品名の多くには角書きが付けられているが、一度は小字でこれを明記し、本文中で言及する際には概ね省略した。

四、本文中では敬称を省略させて頂いた。

五、所々、古本マニアのための情報が挟んでありますが、古本屋さんはあまり値段を吊り上げないでください。

第一章　幕末・維新SF事始——日本SFは百五十歳を超えている

儒者の聖戦——『西征快心編』

SFを定義する言葉は多様だが、本書が扱う作品は、科学的空想を加えることで改変された現実を描いたものとしたい。この「科学」のなかに、自然科学だけでなく、社会科学や人文科学（言語実験など）も含めるなら、およそ今日、SFと認識されている傾向のほとんどすべてをフォローできるだろう。殊にSFは、昔から社会科学の影響を強く受けていた。

日本の近世を終わらせたのがペリー艦隊の来航だったとすれば、この社会的な事件に刺激された文芸作品が、同時に現れたのも当然だったのかもしれない。儒学者の巌垣月洲が安政四（一八五七）年に書いたとされる『西征快心編』は、まさに同時代への危機意識が産んだ作品であり、日本最初のSFと呼ぶにふさわしい性格を備えていた。

この物語は、日本をモデルにした極東の架空の島国・黄華国の副将軍・滬《こ》侯弘道《こうこうどう》が、アジア侵略を進めるイギリスを成敗すべく、志ある武士を集うところからはじまる。ちなみに滬侯弘道のモデルは、水戸藩九代藩主（安政期には先主）徳川斉昭である。「濾」という字を分解すると、「水」「戸」「邑」すなわち水戸藩となり、斉昭が建設した弘道館は、当時、国内最大規模の藩校として知られていた。徳川斉昭は、早くから海防の必要を説き、黒船来航以前に率先して大砲の鋳造などを進め、さらには蝦夷地に西洋築城学を取り入れた城塞を建設するよう幕府に進言していた。天保十五（一八四四）年、斉昭は過激な藩政改革を咎められて致仕隠居を命ぜられたが、黒船が来航すると、幕府に嘱望されて海防参与の任に就いた。斉昭には先見の明があった反面、狷介な性格の持ち主で、開国を迫られて苦慮している幕閣に、異国と貿易するなら異国船を受け入れるのではなく、こちらから船団を組んで出貿易をするべきで、自分も百万の日本人を引き連れてアメリカに渡る——などと、実現不可能な提案をして顰蹙を買ったりした。しかし、そうした原理主義的主張が攘夷の志士から支持され、幕府の弱腰に不満を抱いていた庶民から人気を博したのも事実だ。

現実の日本では、斉昭の提案は一顧だにされなかったが、『西征快心編』では、弘道の呼びかけに応じて多くの武士が集まり、八千名の武士が「軍船十隻、火輪船四隻」に分乗して西征の旅に出る。火輪船とは外輪型蒸気船のことだ。濾侯の西征艦隊は、極東から極西に向かって進む「さかしまの黒船」だった。

濾侯艦隊は、まず阿片戦争後の領土割譲要求に苦慮する清国を救い、植民地統治下で苦しんでいるインドを助けて進み、イギリス本土に攻め入って女王を人質に取ると、遂にこれを制圧する。そして英国を四分割（イングランド、ウェールズ、スコットランド、アイルランドの連合王国である歴史を踏まえてのものか?）し、欧州諸国の王族中から英国王室の血縁を選び、四ヶ国それぞれの王と為し、以後、侵略行為をしないことを誓約させて引き上げるのだった……。

こうして筋だけを見ると、現代の高度な作品を読みなれた人には、稚拙なステレオタイプのシミュレーション小説という印象がぬぐえないかもしれない。

近代以降、現代に至るまで多くの架空戦記やシミュレーション小説が書かれてきた。そのなかで歴史は改変され、織田信長が本能寺で死なずに日本を統一して世界侵略に乗り出したり、太平洋戦争で日本が勝利したりする。これは日本だけの現象ではなく、韓国では古代世界で韓国が日本列島を支配していたという偽史的小説が書かれているし、欧米でも類似の作品は枚挙に暇がない。物語的想像力のなかでは、ポーランドは常にロシアを撃退して独立を保ち、アイルランドの勇者らはイギリス軍に勝利し続ける。多くの国で、自国の歴史を美化する架空史小説が書かれてきた。

しかし『西征快心編』には、現代シミュレーション小説には見られない特質があった。『西征快心編』の滬俣弘道は、世界の秩序を回復させると、領土を拡張することなく自国に戻るのだ。ここにあるのは、一所懸命の鎌倉武士や戦国武将の精神とも異なる、ある意味で非武断的な義戦、いや「義」を掲げた上杉謙信にしても、実際には領土拡張をしたのだから、「武士の義戦」以上の「儒者の聖戦」の思想である。大義を掲げて起った者が、勝利によって利を貪るようなまねをしてはならないという発想。これは三百年近い〈徳川の平和〉によって培われた江戸儒学の「成果」であり、一種のユートピア思想だった。明治以降、日本では多くの架空戦記、歴史改変テーマのSFが書かれてきたが、それらのなかでこのような完全に非野心的な「聖戦」を書いたものは殆んどない。私はこの作品が黄華国（日本）の勝利を描いた点ではなく、侵略的欲望を全面的に退けた無償の「聖戦」を描いたという点に、強く惹かれる。

もっとも、この作品を日本SFの起源とすることに躊躇《ためら》いを覚える人もいるかもしれない。その躊躇いはもっぱら、『西征快心編』の形式をめぐって生ずるだろう。この作品は千五百字ほどの漢文で書かれている。漢文体の作品とSFのイメージはなじまないと感じる人がいても不思議ではない。

だが近代以前の日本では、漢文学こそが正規の「文学」だと考えられていた。今日、一般的には江戸文学の代表のように思われている井原西鶴や近松門左衛門、あるいは建部綾足、滝沢馬琴の読本なども、同時代には「文学」の範疇に入る作品とは公認されていなかった。

こうした文学観は明治期になってもしばらくは継続されていた。

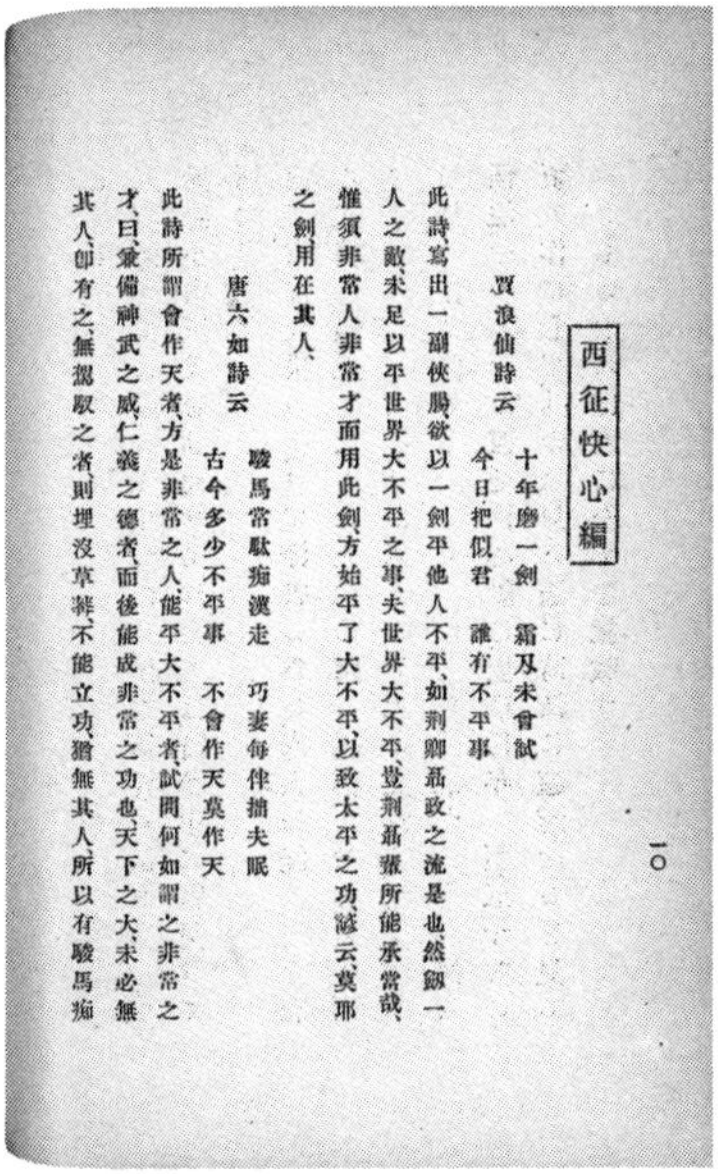
一〇

西征快心編

賈浪仙詩云

十年磨一劍　霜刃未曾試
今日把似君　誰有不平事

此詩、寫出一副俠膓、欲以一劍平他人不平、如荆卿聶政之流是也、然劒一人之敵、未足以平世界大不平之事、夫世界大不平、豈荊聶輩所能承當哉、惟須非常人非常才而用此劍、方始平了大不平、以致太平之功、滋云、莫耶之劍用在其人、

唐六如詩云

駿馬常馱痴漢走　巧妻毎伴拙夫眠
古今多少不平事　不會作天莫作天

此詩所謂會作天者、方是非常之人、能平大不平者、試問何如謂之非常之才、曰、兼備神武之威、仁義之德者、而後能成非常之功也、天下之大、未必無其人、卽有之、無識取之者、則埋沒草莽、不能立功、猶無其人、所以有駿馬痴

『西征快心編』冒頭

夏目漱石も体験した「文学観」の維新

夏目漱石は『文学論』（明治四十）の序において、自身が英文学を専攻するに至った理由を次のように述べている。

〈余は少時好んで漢籍を学びたり。これを学ぶこと短きにも関らず、文学はかくの如きものなりと定義を漠然と冥々裏に左国史漢より得たり。ひそかに思ふに英文学もまたかくの如きものなるべし、かくの如きものならば生涯を挙げてこれを学ぶも、あながちに悔ゆることなかるべしと。余が単身流行せざる英文学科に入りたるは、全くこの幼稚にして単純なる理由に支配せられたるなり〉

漱石は明治十四（一八八一）年、十四歳の時に漢文を学ぶために府立一中から二松学舎に転じたが、明治十六年になると英語を学ぶために成立学舎に入り直している。これは大学予備門（第一高等学校の前身）受験のためだった。明治の日本では、漢文を習得しても実利には殆んど結びつかず、栄達のためには英語を学ぶ必要があるという世情を受けての進路変更だった。ただしその時点でもまだ、漱石は英文学とは、英語で左国史漢を学ぶようなものだと、漠然と思っていたのである。

左国史漢、すなわち『春秋左氏伝』『国語』『史記』『漢書』の四書は、いずれも中国の代表的な歴史・文学書の古典で、日本でも平安朝以来、文章家の必読書とされていた。あえていうなら、天下国家のあり方にふれた『西征快心編』は、左国史漢の系譜に属しているといえる。

そして夏目漱石が進学の路線を決めた明治十年代には『西征快心編』流の作品が、まだ「文学」のなかには生き続けていた。だからこそ、この作品を近代日本SFの歴史の出発点に位置づけることの意義は大きい、と私は考えている。またこの作品は、多くの日本人にとって未知のものであった異国風俗を伝え、かつ冒険奇談を描いている点で、近世の読本、たとえば遊谷子の『異国奇談和荘兵衛』や曲亭馬琴の『夢想兵衛胡蝶物語』の系譜を引いているともいえる。ここには、後の政治小説にみられるようなイデオロギーとエンターテインメント性両面への試行が、すでにある。

なお、『西征快心編』は架空の近未来を描いているが、残念ながら架空の秘密兵器や未知の技術は登場しない。もっとも当時の日本では、火輪船という現実の最新技術が、殆んどロケットのような実在にして未来的な技術だった。

十九世紀後半に、軍艦と並んで、未来的な実在の技術として人々の注目を集めていたのは気球だった。この気球についても、佐久間象山がSF的発想でフィクショナルに描いている。象山は安政元（一八五四）年というペリー艦隊が再航を宣言した年の新年に「甲寅初春之偶作」という漢詩を作っている。そのなかに気球が登場するのだ。この詩のなかで象山は、「悪しき異国の徒がわが国を去り、江戸の都は再び平穏を取り戻したかに見える。外敵に備える回天の備えは未だなく、どこからか優れた英雄が現れないものか」と謳う。そして、その昔、諸葛孔明が連弩（大きな石球を連続発射できる石弓）を用いた故事を引いて、大砲による防備を固めることが急務だと訴える。その上でこの詩を次のように結んだ。

〈微臣別有伐謀策　安得風船下聖東（微臣、別に伐謀の策あり、安んぞ風船を得て聖東に下らん）〉すなわち、自分には別の戦術がある。それはどうにかして風船（気球）を得て、聖東（ワシントン）を直撃する、というのである。

ジュール・ヴェルヌが『気球に乗って五週間』を発表するのは一八六三年であり、象山の漢詩はそれより九年ほど早いものだった。単に気球を登場させた奇想冒険なら、すでに嘉永二（一八四九）年に柳下亭種員作『白縫譚』が出ているが、象山の漢詩は、気球の利用法への空想において、きわめてＳＦ的だった。

『新未来記』――江戸蘭学文化の最後を飾ったＳＦ

日本に海外の未来小説がもたらされたのも早く、慶応四（一八六六）年に近藤真琴によってジオスコリデス著『新未来記』が翻訳されたことが、知られている。近代海外文学移入史の草創期を飾る出来事だった。

慶応四年閏四月十七日付の「公私雑報」（第七号）には、「全世界続未来記之弁」と題された記事が出ており、〈全世界未来記ハ和蘭の「ヂオスユ《ママ》リデス」と云ふ人の著述なり。千八百六十五年「ウトレック」と云地の刊行にかゝる。その表題ハ「アンノ、チウィンチフ、ホンデルト、フェイフ、エン、セスチフ、ヱーン、ブリツキ、イン、デ、ツー、コムスト」といふ。二百年の後には世の中のさま如何がなるべき乎《か》を記したる書なり〉と報じていた。

この原本は幕末に幕府遣欧使節団の一員としてオランダに留学した肥田浜五郎が購入して、

慶応二年に日本に持ち帰ったものだった。周知のとおり、ジオスコリデスというのは古代ギリシャの博物学者の名前だが、『新未来記』はそのジオスコリデス本人の作品ではない。著者は本名ペーター・ハミルトンというオランダ人植物学者で、小説を発表するに当たって、古代ギリシャの先達に敬意を表して、その名前を筆名にしたのだった。肥田が帰国した頃は、既に世の中は洋学の時代となっており、蘭学は過去のものとなりつつあった。それでも江戸時代の長年にわたる日蘭の特殊な国交関係の最後を飾るかのようにして、幕府瓦解の間際に、未来ＳＦがオランダ語から翻訳されたことは興味深い。

さて本書の内容だが、舞台となっている時代は執筆当時から見て二百年後に当たる二〇六五年の正月、所はロンジアナ（未来のロンドン）である。主人公である「余」が、夢のなかでロゼル・バッコ（英語だとロジャー・ベーコン）とハンタシア（ファンタジア）という女性に案内されて、未来世界を瞥見するという筋立てになっている。

その未来世界の概要は〈蛛網地球を纏《まとひ》て万里時辰《とき》を同うし　粘土金属を生て硝子街衢《びいどろまち》を覆ふ　写真の天画五彩を得たり　大軍の運搬一夫に任《ま》かす　文庫を開きて農工商賈書を読むを識《し》り　遺骸を留めて人獣禽魚分《わか》るる所を示す　電気の妙工夜日光を現じ　伝言の奇機筐歌妓を蔵す　雄を争ひて強国武臣の職を廃し　交を結びて諸州気海の船を駕す　小人細利を競ひて和蘭の北部水底に沈み　英仏逸鳥を追ひて爪哇《ジャワ》の人民特立《どくりつ》と為る　天文の土地を相みて観象《てんもん》台を築き　博物の客書を論じて千年後を談ず〉との序章の言葉に要約されているように、科学文明が発達した一種のユートピアである。

引用文中の「蛛網」とは電信電話のことであり、それが地球全体に張り巡らされて、世界のニュースが時差なく伝わるようになる情報化社会を予言している。「粘土金属」というのは容易に加工できる架空の金属であり、それを骨組みとして、硝子で覆われたドーム都市ができるという発想や、カラー写真、電灯の普及、さらに「奇機筐」という名称で出てきているのは、ラジオかテレビかインターネットか、いずれにしても画像や音声を瞬時に広く（かつ各個人の手元に）放送できるシステムをイメージしているらしい。本文を読むと、このほかにも自動車や飛行機、温度調節の機械（エア・コン）なども「予言」されている。

こうした機械文明の予測に加えて、政治的な変動への言及も興味深い。当時、欧米諸国は植民地獲得競争に邁進していたのだが、そのような同時代の風潮に抗して、各国が外交努力によって軍縮・軍事力放棄を進め、爪哇《ジャワ》（当時はオランダ領だった）が独立するという未来像を予言しているのは、画期的なことといっていいだろう。

またロジャー・ベーコンとファンタジアという案内人も象徴的だ。世に知られているロジャー・ベーコンは十三世紀英国のスコラ学者で、フランシスコ会派に属する修道士だったが、驚異的博士（ドクトル・ミラビリス）と呼ばれた博覧強記にして合理的思考の探求者だった。数学にも秀でており、「経験科学」という語は、このベーコンにはじまる。だが、そのために当時は異端視され、迫害も受けた。ファンタジアはいうまでもなく「幻想」の擬人化である。十九世紀の「余」は「経験科学」と「幻想」に導かれて二十一世紀の科学文明ユートピアを垣間見るのだ。このような枠構造をとっているということは、この作品が描こうとしたユートピアが、単なる科学的合理性に支配された世界ではなく、西洋中世以来のグノーシス的な神秘思想への傾向も帯びていることを表しているだろう。

先に述べたように、近藤真琴はこの本を慶応四年には翻訳し終えていたが、その後、戊辰戦争などの争乱が起きたために、刊行されずに校本のまま放置されることになった。そして明治七（一八七四）年、上条信次が同じ本を訳出して『開化進歩後世夢物語』として刊行した。ただしこれは英語からの重訳だった。このことからも、この作品には、当時の人々が必要としていた知識ないしは精神が描かれていたことが分かるだろう。

肥田浜五郎は、幕府瓦解の直後には、八十万石にまで減らされた徳川宗家にしたがって、静岡藩海軍学校学頭となったが、明治二年八月には新政府に招かれて民部省に出仕。明治四年に岩倉具視を特命全権大使とする遣外使節団に理事官として随行している。幕末と明治初頭の、

『後世夢物語』

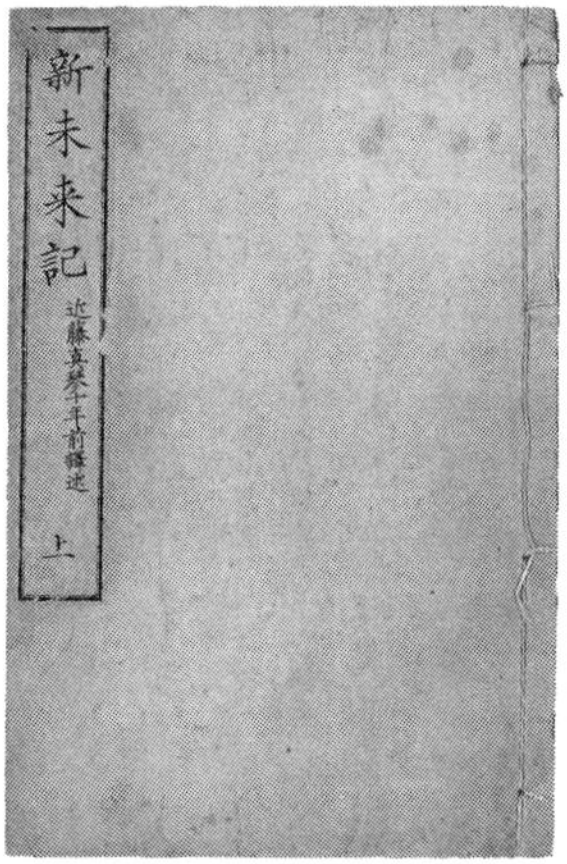

『新未来記』（近藤真琴十年前訳述）

二度にわたる外遊で、改めて科学文明社会のすばらしさを喧伝する必要を痛感した肥田は、近藤真琴が翻訳したものの、維新の争乱で放置されたままになっていた『新未来記』の出版を、改めて強く勧めた。近藤版は明治十一年になってようやく刊行されたが、それには三条実美（太政大臣）の題辞と肥田浜五郎の序文が付された。太政大臣の題辞が付いたSFは、たぶんこれだけだろう（ちなみに本書に付された訳者の例言では、著者名はジヲスコリデスと表記されている）。

なお、この本は単なる翻訳ではなく、原作中の科学技術や社会制度に関する、近藤真琴の評語が添えられている。その指摘の対象は、未来予測ばかりでなく、西洋の現実の文物・思想にまで及んでいる。

たとえば教育の普及、特に義務教育制度については〈篇中強て学に就かしむる一事、最も心に留む可き所となす。学を勧むるは美事なり。然れども徒らに皮相を観、遂に本末を忘れ、飢寒且免がれざるの民に強るに、徒らに其益なきのみにあらず、其弊豈言ふに絶へんや。文明序あり、開化漸あり〉と述べているのには、考えさせられる。近藤真琴は義務教育に反対しているわけではない。ただし、すべての人間に教育を施すといっても、現実には生活困窮のために子供も労働力としなければならない家庭は少なくない。それを無視して一律に「教育」を義務化し、貧困家庭から労働力を奪うことを戒めているのだ。ここには理想論を振りかざして学制を上から強要する明治新政府に対する批判が現れていると見るのは、穿ちすぎだろうか。

ちなみに近藤真琴は、福澤諭吉の慶應義塾、中村正直の同人社とならんで、「明治の三塾」に数えられることになる攻玉社を興した教育者として知られ、幼児教育や仮名文字運動にも尽力することになる人物だった。これらもまた、庶民にまで知識を行き渡らせるための工夫だった。輝かしい未来は、書物から始まって現実社会を動かすようになる——そうであるべきだと、近藤は考えていたはずだ。

幕末・維新期の人々にとって、「未来小説」という手法を獲得したことに、どのような意味があったのだろうか。

未来小説を通じて、「未来」をあたかも確定した過去のようにして眺め、思い描くということ。それは「現在」を確固たる信念をもって統御し、生き抜く意志の表明にほかならない。古典SFのはじまりに関わった当時の人々が獲得したのは、可能性は自分たちの力によって現実のものとし得るという思考であり、生き方だった。

第二章　広がる世界、異界への回路

「発見」された世界への違和感と共感

西洋近代と出会うことで日本が「発見」したのは「未来」だけではなかった。「世界の広さ」もまた、多くの民衆にとっては新時代の発見物だった。

仮名垣魯文著『万国航海西洋道中膝栗毛』（明治三～九、初編から十一編までは魯文、十二編から十五編は総生寛による）は、この題名からも容易に察せられるように、十返舎一九の黄表紙『膝栗毛』を本歌取りした作品で、三世弥次郎兵衛と北八が横浜の豪商・大腹広蔵とともに英国ロンドンで開かれる万国博覧会見物に出かけて行くという物語。彼らが旅の途中で引き起こす数々の騒動を織り込みつつ、世界各地の文物を紹介するという趣向は、十返舎一九の作品を踏襲している。また弥次さん北さんは英語ができないので、この珍道中には英通次郎という通訳が同行するのだが、彼の語学や西洋知識は中途半端なものにすぎず、彼が通訳すると却って事態を混乱させるというのも、当時の浅薄な自称・西洋通を揶揄したものとして興味深い。

ただしそれだけでは、この作品をSFということはできない。作者自身は海外旅行の経験がなく、また知識も不十分なために、かなり珍奇な空想旅行記になっているというにすぎない。だが、その未知・未確認の部分を、意図的に架空の情報で埋めているという点では、一種のパラレルワールド（平行宇宙）旅行記ということができる。つまりここには、現実の西洋ではなく、西洋という異界への旅が描かれているのだ。

またこの本では〈彼土はすべて理で押してゆく国柄〉であり〈商法第一の世界になつた〉という近代社会への違和感、西洋文明への批判が語られる一方で、〈人情何処でも別段変りはねえ〉という大らかな世界観を押し通して、世界を渡って行く。

『西洋道中膝栗毛』（三編）内扉

それにしても弥次さん北さんは、イスラム教の寺院にアラビヤゴムで千社札を貼り付けようとして御堂を守る兵卒に捕らえられるなど、無邪気に日本流を押し通す。もっとも現代でも、世界遺産に自分の名前やら学校名を刻んでしまう愚か者がいるのだから、これも見事な「未来予言」といえなくもないのだが。

ちなみに魯文には『空中膝栗

毛』（「月とスッポンチ」掲載、明治十一年十一月）という作品もある。さらに魯文には『倭国字西洋文庫《ナポレオンいちだいき》』（明治五）というナポレオン伝もあるが、これは伝記としては殆んど出鱈目な偽作品だ。何しろナポレオンはコルシカ島の鯨捕りで、妖怪退治をして立身出世するという、百足退治の俵藤太か、鬼退治の渡辺綱のような話になっている。もちろん作者自身は、それが作り話であることを知っているわけだから、「誤った伝記」ではなくて、作為的な法螺話、パラレルワールドとしてのナポレオン一代記といえるかもしれない。「架空の伝記」「架空の歴史」という手法もまた、SFのサブジャンルだが、明治期には多くの「虚構の歴史」も人気を博した。それらについては項を改めて述べることにしたい。

時間と空間の拡張――明治のヴェルヌ・ブーム

文明開化が本格化した明治初期の日本では、明治十一（一八七八）年に川島忠之助訳『新説八十日間世界一周　前編』が刊行されて以降、ヴェルヌの作品が次々と翻訳紹介され、ブームといえるほどの人気を博した。

なかでもSF史的に注目されるのは『月世界旅行』の移入と広がりの早さだ。ヴェルヌがこの作品の完結篇を著したのは一八六九（明治二）年のことだったが、日本では明治十三年に、まず井上勤訳『九十七時間二十分月世界旅行』として分冊形式で翻訳出版された。三月から十一月にかけて、二書楼から巻之一から巻之四までの分冊が刊行され、これは同年十一月に『九十七時間二十分月世界旅行　上』として三木書楼より刊行された。これからも分かるようにまだこの翻訳は未完で、翌十四年三月には同書の巻之五から巻之十が二書楼から刊行され、ほぼ同時期にその合本が『九十七時間二十分月世界旅行　下』として、三木書楼から刊行された。また荻原喜七郎編『月世界遊行日記』（開成舎、明治十三年十月）という本も刊行されている。

ほかにも明治二十年までのあいだに、次のようなヴェルヌの翻訳が出版されている。

『新説八十日間世界一周　前編』川島忠之助訳（丸屋善七、明治十一年五月）
『新説八十日間世界一周　後編』川島忠之助訳（慶応出版社、明治十三年六月）
『北極一周（巻之一～巻之八）』井上勤訳（小本望月誠、明治十四）
『月世界一周』井上勤訳（博聞社、明治十六年七月）

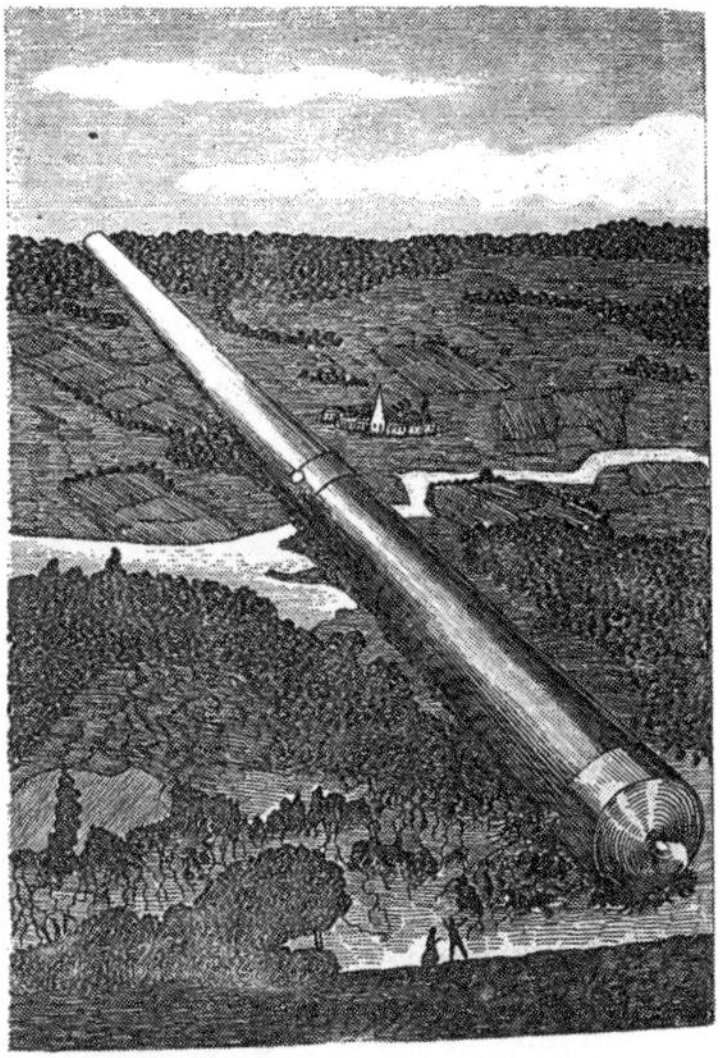
『月世界旅行』挿絵〈「マストン」氏想像ノ巨砲図〉

『空中旅行』

『海底旅行』挿絵〈海底ニ於テ銃猟ヲ為スノ図〉

『地底旅行』挿絵〈動物プテロダクチールの図〉

『亜非利加内地三十五日間空中旅行　巻之一』井上勤訳（絵入自由出版社、明治十六年九月）

『亜非利加内地三十五日間空中旅行　巻之二』井上勤訳（絵入自由出版社、明治十六年十一月）

『亜非利加内地三十五日間空中旅行　巻之三・四』井上勤訳（絵入自由出版社、明治十六年十二月）

『亜非利加内地三十五日間空中旅行　巻之五』井上勤訳（絵入自由出版社、明治十七年一月）

『亜非利加内地三十五日間空中旅行　巻之六・七』井上勤訳（絵入自由出版社、明治十七年二月）

『六万英里海底旅行』井上勤訳（博聞社、明治十七年二月）

『五大洲中海底旅行　上篇』大平三次訳（四通社、明治十七年八月）
『拍案驚奇地底旅行』三木愛花訳（九春社、明治十八年二月）
『五大洲中海底旅行　下篇』大平三次訳（起業館、明治十八年三月）
『亜非利加内地三十五日間空中旅行』井上勤訳（春陽堂、明治十九年四月）
『五大洲中海底旅行』大平三次訳（覚張栄三郎、明治十九年六月）
『九十七時間二十分月世界旅行』井上勤訳（三木書楼、明治十九年八月）
『万里絶城北極旅行　上巻』福田直彦訳（春陽堂、明治二十年一月）
『学術妙用造物者驚愕試験』井上勤訳（広知社、明治二十年一月）
『五大洲中海底旅行　完』大平三次訳（辻本九兵衛・鎗田政二郎、明治二十年三月）
「仏曼二学士の譚」紅芍園主人訳（「郵便報知新聞」明治二十年三月二十六日～五月十日）
『万里絶城北極旅行　下巻』福田直彦訳（春陽堂、明治二十年四月）
『万里絶城北極旅行』福田直彦訳（春陽堂、明治二十年五月）
「天外異譚」大塊生（森田思軒）訳（「郵便報知新聞」明治二十年五月二十五日～七月二十三日）
「煙波の裏」独醒子（思軒）訳（「郵便報知新聞」明治二十年八月二十六日～九月十四日）
『鉄世界』森田思軒訳（集成社書店、明治二十年九月）
「盲目使者」羊角山人（思軒）訳（「郵便報知新聞」明治二十年九月十六日～十二月三十日）
『五大洲中海底旅行　上・下編』大平三次訳（文事堂、明治二十年九月）

こうして作品訳名を並べただけでも、当時のヴェルヌ人気の高さが分かると同時に、その受容のされ方も、ある程度伝わってくる。

まず目に付くのは、世界一周、月世界、海底、北極、アフリカ内地などといった空間的な広がりを示す言葉である。そして速度。八十日間での世界一周は、現在なら優雅なヴァカンス期間だが、当時としては驚異のスピードだった。そもそもヴェルヌの小説のなかでも、八十日間で世界を一周するというのは、賭けの対象となるような冒険であり、速度への挑戦だった。ちなみにトーマス・クック旅行会社が世界一周の団体観光旅行を売り出したのは、まさにこの時期だったのだが、現実のツアーの所要日数は二百二十二日間だった。ヴェルヌはそれを、小説のなかで三分の一に短縮してみせたのである。そのほかにも、「九十七時間二十分」や「三十五日間」など、時間すなわちスピードを示すキィワードがタイトルに付けられている作品が多い。

幕末に開国し、明治になって欧米との交易が盛んになって以来、日本人の意識は広く海外に向けられるようになっていった。その意味で世界は広くなったのだが、明治十年代のジュール・ヴェルヌ人気には、そうした広い世界に対する日本人の関心の強さが現れているといえよう。しかもその好奇心はいささか過激で、普通の世界地理を超えて、アフリカや北極といった辺境はもとより、海底や地中、さらには月世界にまで及ぶ冒険へと、強く引き付けられていた。現実の科学技術の発展度合いはさておき、好奇心のレベルにおいては、日本人は既に世界最新のレベルに達していたといえよう。

明治初期の日本人は、ヴェルヌ作品を立志実話か、近いうちに達成されるであろう科学文明のプロトコールとして受容した節がある。それは作者自身の意図に沿った読みでもあった。『月世界旅行』は、今日ではSFの古典とされているが、当時のフランスではサイエンス・ロマンスと呼ばれていた。そしてヴェルヌ自身は、これを現実の冒険や戦争などを描いたノンフィクション・ノベルを集めた長大な《驚異の旅》シリーズ中の一巻として発表している。ヴェルヌは自分が描いたことは、今現在まだ起こっていないとするならば、近い将来に起こるであろうことであり、その意味で現実がちょっとばかり未来にはみ出したものと考えていた。

ただし、日本における科学教育の普及が進むにつれて、ヴェルヌ作品の受容のされ方にも変化が現れる。その「科学性」が架空のものだと理解されるにしたがって、地底探検や月旅行を現実のものとして受け止めるような傾向は影を潜めた。それに代わって、明治二十年代以降のヴェルヌ読者は、その「冒険性」に惹かれるようになっていく。それは日本のSF的作品の主流が、科学小説から冒険小説に変化していくのと軌を一にしていたが、これはやや後のこととなる。ちなみにヴェルヌとならんでSFの起源に数えられるメアリ・シェリーの『フランケンシュタイン』は、瓠廼舎主人訳「新造物者」（「国之もとゐ」明治二十二年六月〜二十三年三月）として日本に紹介された。

万能なのは「科学」か「カネ」か

ヴェルヌ作品の特徴は、博物学的知識に支えられた冒険心と、発展を続ける科学に対する万能感にあるというのが、現代の読者の一般的印象だろう。読者のなかには、ヴェルヌ作品中に見られる科学に対する信頼の強さを楽観的すぎると感じたり、白人優位社会・帝国主義的な価値観の濃厚さに疑問を抱く人もいるかもしれない。

だが、当時の日本人は、ヴェルヌ作品に共感する一方で、意外な部分に違和感を抱いたらしい。明治文学研究家の木村毅が、明治初期に川島訳『八十日間世界一周』を読んだ栗本鋤雲（旧幕臣で明治初期の有名な新聞記者）の感想を記録している。

〈「兎に角変はつてゐて面白い小説だ。」そしてその変はつてゐる理由を鋤雲は次のやうに説明した。

「支那や日本の小説だと、災厄が四方に迫り、進退全く窮まるに際し、之を救ふ者は神仏の加護に非《あら》ずんば、必ず狐狸妖怪の助力である。然るに此の小説を見ると、さうした窮地を救うてゐるものは常に金である。――日本でも今後はこのやうに金が口をきく世の中になら う。」と。〉（『明治開化期文學集』「巻末解題」改造社、昭和六）

これは現代人には、ちょっと分かり難い感覚かもしれない。われわれはヴェルヌ作品を、やや ご都合主義的ではあるものの、それでも「神仏のご加護」や「前世の因縁」で説明するよりはよほど合理的で冒険的だと感じている。そして、その登場人物たちは英雄的活動家だと思う。だが『西征快心編』と比べる時、ヴェルヌ作品に登場する冒険者たちの合理精神は、確かにいちいち、経済的裏づけと密接に結びついていることに気付く。たとえば『八十日間世界一周』ではクラブ内での賭けがすべての発端だったし、『月世界旅行』でも月を目指すための砲台作りには、派手な宣伝による資金集めのエピソードがついて回る。それがヴェルヌ作品をリアルにしている。しかし当時の日本人にとって、そうした思考法は月旅行以上に違和感を感じさせる、なじみの薄いものだったらしい。思えば『西洋道中膝栗毛』にも「商法第一の世界」という指摘があった。

われわれがヴェルヌ作品のそうした側面を取り立てて意識しないのは、われわれが既に、ヴェルヌ以上に金がすべて――とは言わないまでも、殆んどすべての問題を金で解決するような生き方を自然なものとしているためだ。実際われわれは、発明も冒険も、教育さえも、金なしでは解決できないという価値観に染まっているのだ。

そういえば明治初期には『未来之商人』『経済未来記』『未来繁盛記』といった類の本が相当数出ている。SF史に興味を抱きだした当初、私はよくこの手の本にだまされた。古書目録で見て小説だと思って注文したら、実際には単なる経済の入門書であることが多かった。しかし当時は、新しい経済・会計知識が「未来的」に思えたのだろう。実用書に刻まれた「未来」というネーミングには、そうした当時の庶民の反応が込められている。

十九世紀後半という時期には、日本のみならず欧米でも、オーギュスト・コントやマルスラン・ベルトロらの科学万能主義が広まっていたが、ヴェルヌ自身は科学の進歩によるユートピアも、サン＝シモン主義的な「すべては産業のために、産業はすべてのために」といった経済合理主義的ユートピアも、信じていたわけではなかった。それどころか、精密に読み込んでいくと、ヴェルヌ作品には、そのような楽観主義への批判が書き込まれていることに気付く。科学の進歩と社会制度のある程度の改善を近代文明の必然的変化と見做しながら、それは決してユートピアの到来には結びつかないだろうと考えていたヴェルヌを「楽観的」としか理解しなかったのは、当時の読者が、そこに自己の願望と認識を投影した結果だったというべきかも知れない。これはその後も、多くのSF作品について廻る的外れの批判と評価の基本パターンでもあった。

『星世界旅行』——異色の異世界瞥見記

ヴェルヌの影響もあってか、日本でも宇宙を舞台にした小説が書かれている。

明治初期の日本社会は、おそらく現代以上の混迷状態にあったはずだ。幕藩体制は瓦解し、海外製品が一度に押し寄せたために、国内の伝統的な産業の多くが、致命的な打撃を受けた。それにもかかわらず、この時代に書かれた小説類には不思議な楽観主義があふれている。たとえば幕末にはあれほど毛嫌いして排斥しようとしていた外国の事物についても、文明開化の名のもとに受け入れた。尊王攘夷を大義名分に掲げていた薩長を中心にした新政府が変節しただけでなく、庶民も争って舶来品を手にしようとした。

それにしても日本人の好奇心は凄まじい。明治十年代の日本では、まだ多くの人々にとって海外旅行すら縁のないものだったはずなのに、ヴェルヌ作品の影響もあってか、宇宙を舞台にした小説も書かれている。

なかでも特記すべきは貫名駿一『千万無量星世界旅行　一名　世界蔵』(明治十五)だろう。この小説は、主人公がさまざまな異星を経巡り、それぞれの星の科学文明や生活習慣、社会制度や政治形態、思想などを体験するというものであり、「空中歩行器」などの「発明品」も登場する。主人公は「腕力世界」「智力世界」「文明世界」の三つの別世界を訪問する。主人公が異世界をめぐるという筋立ては、御伽草子や仏教説話でも古くから見られた形式だが、この作品の「近代性」は、そうした別世界が、地獄や島巡りといった寓話的空間ではなく、太陽系とは異なる恒星系の惑星と設定されている点にある。

本書の凡例は〈(本書は)架空の談にあらずして、即ち我が人類世界の是まで変転遷動し来りたるの事跡上より、之を将来に推測したるものなれば、亦《ま》た是《これ》一種の大歴史とも云ふべきか〉と述べている。つまり異世界の出来事はそれぞれが、われわれ人類の将来の可能性であり、人類の未来史だというのである。さらに本書は〈大空見れば燦爛無数の星辰あり　皆是一個の別世界〉であり、〈太陽系統外に散在する千万の星辰〉のなかには〈我が世界の如きものあり或いは人畜草木の発達せざる世界〉もあるだろうが、なかには人類社会を超えた文明世界もあれば、既に死滅した世界もあるだろう、としている。このような宇宙観・生命観は、十九世紀の日本では、かなり画期的なものだったのではないだろうか。

ただ難点をいえば、本書では主人公が異世界に至る方法が、自己催眠による夢幻状態での霊魂離脱による精神だけの訪問として描かれており、ロケットそのほかの科学技術による肉体的移動ではないことだが、これは致し方ないかもしれない。人類の恒星間飛行は、百年後の未だに実現されていないのだから、明治人が他恒星系に行く技術を発明したという設定にしては、かえってリアリティがなく、荒唐無稽の印象を強めるだけだったのかもしれない。そういえば

『星世界旅行』挿絵〈瓦斯輪局遠望黄昏点灯之図〉

ジオスコリデスの『新未来記』もまた、夢幻のなかで未来世界を垣間見ていた。重さを持つ肉体は、空間的にも時間的にも現実世界から離れることはできないものの、精神という不可視にして実在するものだけに制限すれば、異世界にだって飛翔し得るかもしれないというスピリチュアリズムの発想のほうが、当時の人々には「合理的」に思えたのかもしれない。そういえばデフォーの『コンソリダトール』（一七〇五）には、月に行ける飛行機械が登場するが、そのエネルギー源は精《スピリット》だと紹介されていた。

『星世界旅行』では、話者はいくつかの「世界（星）」を見て廻るが、そのなかには地球より進歩したものもあれば、遅れているものもある。「腕力世界」は、人類の原始時代に相当する暴力的な競争社会だった。そして「智力世界」は科学文明が発達した世界である。「智力世界」では戦争さえも技術的に管理され、一種のゲームの様相を呈している。また都市の遥か上方には塔が聳えており、そこに巨大な瓦斯輪灯がともされていた。この輝く人工太陽によって夜というものがなくなっている。さらにこの世界では人間は労働をせず、化学的に合成された人造人間が労働を担っている。その人造人間の監理については、次の三ヶ条の大原則が立てられているという。

〈第一条　化学的に於《おい》て生れし人は仮りに其《その》製造人を以て父と定む
第二条　製造人より購求せしものある時は買主を以て即ち父と定む
第三条　若《も》し万一にも其人にして罪悪の行ある時は政府より製造人或《あるい》は他の化学士に命じ、之を改造せしめ又は分析して其の原素に復帰せしむべし〉

ロボットというと、われわれは金属ボディーの機械的人造人間を思い浮かべがちだが、ロボットという名称の語源になったカレル・チャペックの『R・U・R』(一九二〇)中のロボットも、化学的に合成された生物型人造人間だったことを思い合わせると、本作はチャペック作品よりも四十年も早く、注目に値する。

作家で古典SF研究家の横田順彌は、この三ヶ条をアシモフのロボット三原則に譬え、〈日本にもこんな科学技術的予測をしていた人が、明治一五年にすでに存在していたのだ。／たしかに、ヴェルヌにくらべれば、適中率は低く、科学的な描写は劣るかもしれない。しかし、その分、ウエルズを思わせるイマジネーションが、この貫名駿一という人には存在している〉(『日本SFこてん古典』)と賞賛している。

また「智力世界」では、人間の心のうちを照らし出す道具や、犯罪者を一度に大量に、しかも正確に裁くシステムも確立しているという。このように「智力世界」は科学技術が高度に発達した社会だが、その一方で裁判制度があることからも分かるように、不正も存在する社会だった。知性の向上は必ずしも道徳的向上とイコールではないのである。

これに対して「文明世界」というのは、財産がすべての人々によって共有されている社会で、貧富の差は存在せず、政府も法律もない世の中として描かれている。そうした制度や機構がなくても、犯罪は起きず、秩序が保たれているのだという。またこの世界には宗教も存在しない。それは「智力円満なる文明世界においては神仏を仮想し、其加護冥福を祈るが如き愚人は絶へてなき所」だという。この世界の住人に言わせれば、人間の智力が進んだといっても功利的な精神から励むだけでは、本来の知恵だけでなく悪知恵も発達し、詐欺や欺瞞はかえって蔓延するという事態になりかねない。そうした世界では、人間の欲望を制限するために、宗教が必要となるだろう。だが道徳的成長を伴った真の文明世界では、そのようなものは必要ないという。

これは今日でも考えさせられるテーゼであり、明治十年代に共産体制や無政府のユートピアを説いた作品が書かれていたことは注目に値する。もっとも、この「政府なき社会」というのは、トロツキー的な無政府主義とは別種のもので、おそらくスペンサーの社会思想に由来している。ハーバート・スペンサーは社会進化論で知られるが、明治十年代前半の日本では、個人の自由の擁護者とみられていた。明治十四年に松島剛によりスペンサーの『社会平権論』が訳出されたが、板垣退助はこれを「民権の教科書」と賞賛した。スペンサーは自由競争（明治期に好まれた言い方だと「優勝劣敗」）を重視した究極の「小さな政府（警察など、政府機構は最小限で、公的福祉などもない）」論者だったのだが、幕藩体制下の身分制度に縛られていた人々にとっては、自由に競争ができ、能力・努力によっては認められる可能性がある社会は、それだけで十分にユートピアのように思えたのだろう。

なお、ここに紹介したのは『星世界旅行』の第一編のみで、その巻末には第二編として「宗教世界」「英雄世界」「政治世界」「文学世界」「商法世界」「風流世界」「色情世界」の巻を編むという予告が出ている。ただしその刊行は確認されていない。

政治小説――ユートピアをめぐる小説の形式

『星世界旅行』は宇宙旅行の物語という形式をとっているが、当時の認識では政治小説だった。明治十年頃から、新政府の要職が旧薩摩藩や長州藩などの士族に独占されていることへの不満が高まり、不平士族の反乱が起こる一方で、国民の参政権要求が高まっていた。自由民権運動と呼ばれるこの風潮は、政府によって弾圧されながらも着実に広まっていった。その浸透を助けたのが、参政権、議会制度、憲法などを庶民にも分かるように小説仕立てで紹介する政治小説の存在だった。そして政治小説には、実に多くのＳＦがあったのである。

　明治史・明治文学研究の先駆者のひとりで、『政治小説研究』の著者でもある柳田泉は、政治小説を年代によって、まず前期と後期に分けている。前期は「民権時代」であり、これを、さらに萌芽時代（明治七〜十三）、民権文学時代（明治十三〜十五）、政党文学時代（明治十五〜二十二）に分類している。後期は明治二十三〜四十年で、これは「議会時代・国権時代・暴露時代・社会主義時代」だという。もっとも、個々の作品に当たってみると、前期の民権時代にも、国権的な主張を持った政治小説も書かれている。

　本章では、柳田泉のいう前期の民権的政治小説のみを取り上げることにしたい。この時期の作品としては、古代ギリシャの歴史に材を採った矢野龍溪『斉武名士経国美談』（明治十六〜十七）が有名だが、政治小説のなかには多くのユートピア小説、パラレルワールド小説、未来小説もあった。その一方で、後期の国権的政治小説は、ＳＦ史的に見た場合、内容的にも読者の反応からも、民権的政治小説よりもそれ以降の冒険的なＳＦ小説に直結していると考えられる。

明治十三（一八八〇）年から二十二年までに書かれた民権的政治小説のうち、ＳＦ的結構を備えている主な作品を列挙してみよう。

明治十三年
　『国勢夢想記』岸甚咲（私刊本、九月）
　『竜宮奇談黒貝夢物語』風頼子（風頼舎、十月）
明治十四年
　『滑稽国会夢物語』柳窓外史（東北新報社、二月）
明治十五年
　「自由之空夢」上田秀成（「鳳鳴新誌」四月号）
　『自由之栞胡蝶奇談　第一編』上田秀成（温故社、九月）
明治十六年
　『二十三年未来記』柳窓外史（古今堂、三月）
明治十七年
　『第二世夢想兵衛胡蝶物語　前、後』服部誠一（九春社、一月）

『黄金世界新説』　杉山藤次郎（古今堂・松江堂、三月）

明治十八年

『人類攻撃禽獣国会』　田島象二（青木文宝堂、一月）

「夢ニナレナレ」　末広重恭（鉄腸）（「朝野新聞」十一月三日～十二月一日）

明治十九年

『二十三年未来記』　末広重恭（博文堂、五月）

『内地雑居未来之夢』　第一～第十号　春の屋主人（晩青堂、四～九月）

「雨窓漫筆緑蓑談」　須藤南翠（「改進新聞」六月一日～八月十二日）

『ドリウム氏異国回嶋奇談』　加嶋斐彦（黎光堂、七月）

『政治小説雪中梅　上編』　末広鉄腸（博文堂、八月）

「一顰一笑新粧之佳人」　須藤南翠（「改進新聞」九月二十九日～十二月九日）

『二十三年国会未来記　第一編』　服部撫松（仙鶴堂、十月）

『雨窓漫筆緑蓑談』　須藤南翠（春陽堂・改進堂、十月）

『政治小説雪中梅　下編』　末広鉄腸（博文堂、十一月）

『政治小説新日本　初巻』　尾崎行雄（集成社・博文堂、十二月）

『寓意小説蜃気楼』　神田伯山（駿々堂、十二月）

明治二十年

『政海艶話国会後の日本』　仙橋散士（欽英堂・文海堂、一月）

『政事小説花間鶯　上篇』末広重恭（金港堂、二月）
『政治小説雪中梅　上篇』末広政憲（福老館、三月）
『政治小説新日本　二巻』尾崎行雄（集成社・博文堂、三月）
『明治二十三年夢想兵衛開化物語』米戀山笑史（福老館、三月）
『明治二十三年夢想兵衛開化物語　中篇』米戀山笑史（有益館、三月）
『内地雑居街の噂』吸霞仙史（東京改良小説出版舎、三月）
『一顰一笑新粧之佳人』須藤南翠（正文堂、三月）
『二十三年国会未来記　第二編』服部撫松（仙鶴堂、四月）
『春暁攪眠痴人之夢』須藤南翠（正文堂、四月）
『日本新世界　前篇』牛山良助（成文堂、五月）
『内地雑居東京未来繁昌記』大久保夢遊（春陽堂、五月）
『内地雑居経済未来記』松永道一（春陽堂、五月）
『社会小説日本之未来』牛山良助（春陽堂、五月）
「女子参政蜃中楼」広津柳浪（「絵入東京新聞」六月一日～八月十七日）
『二十三年国会道中膝栗毛』香夢亭桜山（競争屋、六月）
『二十三年後未来記』末広政憲（畜善館、七月）
『政治小説廿三年夢幻之鐘』内村秋風道人（駸々堂、八月）
『女権美談文明之花』杉山藤次郎（金桜堂、九月）

『政事小説花間鶯　中編』末広重恭（金港堂、十月）
『社会小説日本之未来　下編』牛山良助（春陽堂、十月）
『文明世界宇宙之舵蔓』硯岳樵夫訳（文盛書屋、十一月）

明治二十一年

『政治小説国民の涙』久永廉三（顔玉堂、一月）
『政事小説花間鶯　下編』末広重恭（金港堂、三月）
『暁鐘一声国会之燈籠』久永廉三（駸々堂、四月）
『天賦固有腕力之権利』中野了随（永昌堂、四月）
『一顰一笑新粧之佳人』須藤南翠（春陽堂、五月）
『未見世之夢』尺寸廬主人（尚書堂、六月）
『町村制度未来之夢』雨香散史（駸々堂、十月）
『二十三年前滑稽議員』竹夭道人（岡安書舗、十月）

明治二十二年

『日本政海新波瀾』佐々木龍（黎光堂、五月）
「一年後」天保子（「読売新聞」九月十日〜九月二十九日）
『女子参政蜃中楼』広津柳浪（大原武雄、十月）
『廿三年候補者之夢』逢水漁史（鶴鳴館、十月）

これらのなかから、いくつかの作品を取り上げて、民権的な政治小説にみられるSF的特性について考えてみたい。

竜宮の憲法、夢のなかの議会

風頼子『竜宮奇談黒貝夢物語』（明治十三）は、民権運動の啓蒙を目指した政治小説だが、同時に竜宮という異世界に旅するSFでもある。その粗筋は次のようなものだ。

ある日、風頼子はフランス革命やアメリカ独立戦争の本を読んでいた。当時の民権運動家は、フランス革命やアメリカ独立戦争を自分たちの民権運動の先例と見ていた。民権派は「昔思へばアメリカの独立したるも筵旗《むしろばた》」と歌っている。しかし風頼子は、米仏の先例にも新旧支配者の交代が殺戮を呼び、やがて新政権を立てた者も旧支配者の如く腐敗したことを思って虚しさを覚え、煩悶する（この「煩悶」というのも、壮士と呼ばれた当時の自覚的青年たちの特質を表すキィワードだった）。

心を和らげてくれるものはないかと辺りを見回すと、浦島太郎の古写本が目に付く。気分直しで気楽に読み始めたが、やがて風頼子は物語に引き込まれてゆく。気が付くと彼は、見知らぬ浜辺に立っていた。そこに浦島太郎が現れ、彼を太平洋の海底にある夢想国の首府・豚犬（「トンケン」の音は東京のパロディ）に案内してくれる。豚犬の都は文明開化を遂げており、道は煉瓦敷きで街には瓦斯灯が輝き、人力車が行き交い、鉄のレールの上を汽車が走るようになっている。聞けば竜宮夢想国にも、数年前に外国船が押し寄せて開国を迫り、王政復古がなって、新時代がやってきたのだという。さらに竜宮では議会が開かれ、それが今日の繁栄の元になっていると話は続く。この作品は第一篇しか刊行されておらず、話は完結していないのだが、おそらく風頼子はその竜宮から、土産として玉手箱ではなく憲法を持ち帰るはずだった。

上田秀成の『自由之栞胡蝶奇談』（明治十五）も、これと同系統の本といえる。その昔、現世の俗悪なることに嫌気がさして、深山で隠遁生活を送っていた玄道先生という人物がいた。ある日先生は、夢のなかで仙人に声をかけられ、彼の導きで不思議な世界に案内される。実はその「不思議な世界」とは当時の明治日本よりちょっと進んだ社会（近未来の日本？）であり、議会によって広く国民の意見が集められて、ますます世の中が良くなっていきつつあるというもの。服部誠一『第二世夢想兵衛胡蝶物語』（明治十七）も、『胡蝶の夢』よろしく夢のなかで別世界を垣間見るという筋立てになっている。

夢という枠構造。異界への旅立ち。議会政治が行われている状況を眺める、あるいは理想社会を垣間見る。――これが民権期政治小説の基本構造だ。当時は讒謗律などにより、反政府的言動には厳しい弾圧が加えられていた。そのため民権派の人々は、正面から民権を獲得するための闘争にはふれず、「異世界に存在しているという民権」を描くことで、読者にそのすばらしさを訴えるという戦術をとっていた。その意味で、古代ギリシャ史に材を採った矢野龍溪『経国美談』と『黒貝夢物語』は同様の文脈を持っていたといえる。

『黄金世界新説』——反社会進化論の演説小説

物語を通して議会政治のすばらしさを喧伝する作品群がある一方、もっとダイレクトに政治的主張を述べる小説もあった。演説小説といわれる形式のもので、主人公（あるいは複数の人物）が、自分の主張を延々と語り、あるいは議論を戦わせるというものである。杉山藤次郎の『黄金世界新説』（明治十七）は、典型的な演説小説だが、そこで主張されている世界観は、かなりユニークだ。まず杉山は、世間では経済が豊かになった状態や、知識が進んで文明が豊かになった状態、さらには政府がなくすべてが個人の自由になった世界を幸福と考えがちだが、それらはいずれも誤りだと説く。なかでも杉山は斯邊鎖《スペンサー》を徹底的に敵視し、「政府なき社会」を繰り返し批判している。

では、彼が考える黄金世界（理想世界）とは、どのような社会なのか。

〈黄金世界とは智識の開発道徳の改良共に其の極天に達したる真文明の状況を云ふ者にして其智徳の分量は七智三徳に在り〉といい、住民の知識・知的思考能力と道徳精神のバランスの取れた発達が、必要不可欠だとする。その上で〈黄金世界には立法行政の二府を要して司法の一府は無用なり　而して其立法府は至て小にして可なり　又行政警察と司法警察の如きも論なく皆無用にして其他も亦今日の行政府の事務に比すれば甚だ少なき者なり〉という、非管理社会としての「小さな政府」を理想に掲げている。司法・警察がなくてもいいというのは、〈道徳の改良極天に達し己《こ》れの欲せざる所諸れを人に施すことなく　人を愛する己れを愛するが如くし〉という人間性の進歩の故と書かれているが、実際には、当時の民権運動に対する司法・警察の弾圧に対する批判が込められているようにも思われる。

それでも杉山は「政府なき社会」を排撃してやまない。スペンサーを「敵人」とまで呼んでいる。このようなスペンサー観は、同じように道徳的達成を理想社会の条件にあげていた貫名駿一の『星世界旅行』とは、大きく異なっている点だった。

民権論者たちのスペンサーに対する評価は、明治十五（一八八二）年をはさんで大きく変化していた。社会進化論が知られるようになり、それまで民権的自由思想と考えられていたものが、競争の自由（極言すると弱者排除の自由）だと見做されるようになり、民権論者は動揺した。なかでも極端な「転向」を見せたのは加藤弘之だった。加藤は幕末期に逸早く立憲制度を紹介した法学者で、当初は議会制度を支持しており、穏健な民権論者とみられていた。しかし加藤はダーウィンの進化論に接し、スペンサーの社会進化説を受容した結果、明治十五年にそれまでの自著を絶版にして、新たに『人権新説』（明治十五）を発表し、民権を抑えて中央集権的な国家官僚による帝国主義的統治を支持する説を立てた。矢野龍溪は直ちに『人権新説駁論』（同）を著してこれに反論したが、以後、民権派の人々にとってスペンサーは大きな障壁となっていたのだった。

スペンサーの自由論を、制限なき自由主義、徹底的な闘争を肯定する非人道的競争を促す思想と解した杉山は、これに対して、政府が国民生活を管理／抑圧することは退けながらも、一定の調整機構としては必要だと考えた。ここには明治思想界におけるリベラリズムとポピュリ

『二十三年未来記』

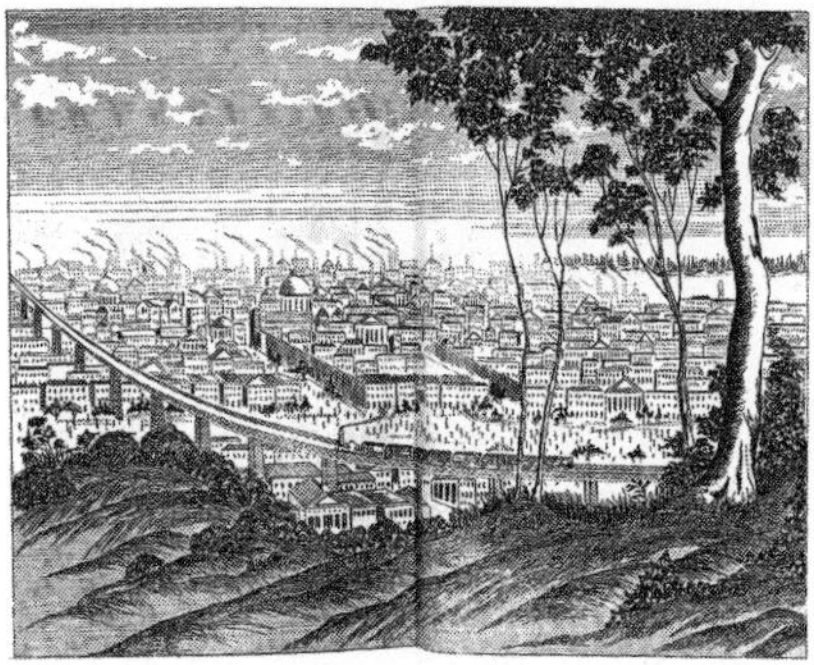
『雪中梅』（上編）挿絵〈日本帝国大繁昌之図〉

ズムの対立が、すでに現れていた。

末広鉄腸――民権と国権の狭間で

民権期政治小説のなかで、最も広く読まれた作品のひとつが、末広重恭（鉄腸）の『二十三年未来記』だった。この作品は、原題を「夢ニナレナレ」といい、明治十八（一八八五）年十一月三日から同年十二月一日にかけて「朝野新聞」に連載され、翌十九年五月に博文館から刊行された。国会開設への関心が高まっていた時代の要請に合致していたためか、この作品は広く世間の耳目を集め、その人気を見て取った諸書肆から多くの海賊版が出版されたほどだった。『二十三年未来記』は、多くの民権期政治小説同様、国会開設後の社会を描いたものだが、必ずしもそれが国民の幸福に直結するとは限らないとしているところに特徴がある。話は、五年後の近未来、国会開設後に二人の人物が新聞を読みながら、国会審議の実情を批評しあうというもの。そのなかでは、過去現在の政治が批判されている（五年後を舞台にしているので、この「過去現在」は「現在未来」である）が、自説に頑なに固執して審議を中断させる議員、政府に取り込まれる議員、目立とうとするだけの議員などの醜悪さが批判されている。

一方、『雪中梅』（上編明治十九年八月、下編明治十九年十一月）は、明治百七十三年（つまり国会開設予定の明治二十三年から見た百五十年後）の国会開設記念日当日から、話がはじまる。この日、古碑が発掘され、未来の人々が、国会開設前後の民権志士たちの苦労と成功に思いをいたすという形式をとっている。このなかで「過去（現在）」の民権派のなかには、過激な活動を疑われて獄につながれた者もいたが、基本的には穏健・愛国・建設的な人々であり、彼らの努力によって日本国は「今日（百五十年後）」の繁栄を獲得することができるようになったのだ、としている。未来の出来事を確定したものとして過去時制で表現するこの手法は、後々になって、ＳＦの特質あるいは限界を示すものと、指摘されることになる（たとえば、蓮實重彦「ＳＦ映画は存在しない」）。

ところでこの作品に関連して注目すべきなのは、本書に添えられた尾崎行雄の序文である。尾崎は民権運動の旗手のひとりであり、その後、第一回帝国議会衆議院議員に当選して以降、長く議会政治を支えることになる人物で、大正デモクラシー期には「憲政の神様」と呼ばれた。そうした人物の序文が載っているというだけでも面白いのだが、驚くべきはその内容である。何とそこには、次のような一節があるのだ。

〈焉ぞ知らん小説（今妥当の訳語を得ざるが故暫く小説二字を以て novel に充つ以下単に小説と記する者は皆是なりと知るべし）は、近世文学上の一大発明にして、其文化を賛育せること、実に少小ならざるを。古の歴史は、荒誕怪奇にして、編者の想像に成れる者多しと雖《いへ》ども、尚ほ是れ歴史にして、小説に非ず。（中略）始めて理論上の主義を小説中に寓せるは、今世紀の初めに在り。之に尋で政治小説《ポリチカル、ナーブエル》あり、又之に尋で科学小説《サイエンチヒツクナーブエル》あり、将に万有を網羅して遺さざらんとするは、是れ近時小説の進歩に非ずや。小説決して軽視すべきに非ざる也〉

ここにはサイエンチヒツクナーブエルとルビを付したうえで、「科学小説」という語が用いられている。おそらくこれは、日本で「科学小説」という語が今日的な意味で使われた最初の用例だった。周知のとおり、科学小説という名称は、その後、昭和三十年頃まで一般的にはSFの訳名称として使用されることになる語だが、その命名者は尾崎行雄だったのである。ちなみに坪内逍遥が『小説神髄』初篇を発表したのは明治十八年のことだったが、右の引用文からは、まだ「小説」という名称すら一般に定着しきっていなかった当時の世相も伝わってくる。「科学小説」という語は、そんな時期に、既に生まれていたのだった。

ちなみに末広鉄腸（一八四九～一八九六）は、宇和島藩の生まれで、幕末には昌平黌で学び、維新後は新政府に出仕したが、明治八年に下野してジャーナリストとなった。鉄腸自身、新聞紙条例・讒謗律を批判したかどで入獄した経験があった。

『新日本』——憲政の神様、唯一の小説

尾崎行雄本人もSF的な小説を書いていた。『政治小説新日本』（初巻・明治十九年十二月、二巻・明治二十年三月）がそれだ。

　この作品もまた理想の「あるべき日本」を描いたものだが、それを「未来はこうなる」とか「このような異世界に学ぼう」といった形で示すのではなく、明治維新直後からの歴史を書き換えるパラレルワールド物の形をとっているのが特徴だ。

　中心人物は旧幕臣で商人として成功した富豪の子である秋野武蔵と、長州人で新政府に要職を得ている佐久間勇。二人は立場も思想も異なるものの、幕末以来の知故で、深い友誼で結ばれている。この小説中では英国と清国が軍事同盟を結んでおり、清国は英国にアジア進出の拠点を与え、その代わりに朝鮮半島から琉球に及ぶ地域の権益を自国のものにしようとしている。これに対して日本はどうすべきかというのが、本書の主題だ。実は本書は大長編になる予定のものが、二巻までで途絶えてしまっているので、結論までは分からない。だが、書かれている範囲では、いずれ日清両国の戦争は避けられず、その準備を進めねばならないという主張を帯びているようだ。民権小説であると同時に、国権小説でもあったというべきか。

　なお本書では、外国からの侵略に備え、国権伸張を図るためには、国民の多くが政治参加す

『新日本』（初巻）

る形に内政の改良整備をしなければならないと主張されており、さらには女性の教育充実、地位向上への言及もある。

柳田泉は〈『新日本』は、小説としては長編の発端のみという未完のものであり、従ってすべての点でそうとして見るべく、テクニク方面からは、殆んど特別にいうほどのものはないが、ただ当時出盛りかけて来た幾多の政治小説中、その政治意見の表出において、極めて個人色の強い、明白な個性を帯びたものとして、やはり明治初期における代表的政治小説のひとつと見るべき〉（『政治史小説研究　下』）と述べている。ちなみに、尾崎行雄には多くの著作があり、短歌もよくしたが、『新日本』は彼の唯一の小説だった。

政治小説の多くは、政治的理想を主張するばかりで、近代的な文学観からすれば稚拙な作品だったといわれている。しかし実際に政治小説を読んだ印象をいえば、そこには「文学」と「政治」という二者択一が、そもそもはじめから存在していない。明治前期の民権思想家にあっては、主張と行動の一致が見られるように（そのため民権運動はしばしば実力行使に発展した）、政治と文学もまた分離していなかった。文筆は技巧ではなく、思想はまた行動と一体だったのだ。そうした彼らが描いた「未来」を、われわれはもっと真剣に受け止めるべきだろう。

『宇宙之舵蔓』――「電気気球」で月に行く「翻訳小説」

もっとも、民権系政治小説に技巧がないわけではない。ここでいう「技巧」とは、文学的技巧ではなく世俗的なそれのことだ。たとえば硯岳樵夫訳『宇宙之舵蔓』（明治二十）もまた、かなりの異色作だが、おそらく日本人の創作だと思われる。それが翻訳とされているのは、当時の厳しい検閲に対する一種の方便であり、出版許可を得やすくするための技巧だったと思われる。

この作品で展開される主人公の人生は、前半は儒学的な教育観を反映し、後半で示される主人公の「特異な体験」は、欧米ではさして奇異なものではない民権思想の摂取に過ぎない。十九世紀の欧米では、このような小説が書かれる必要などなかった。また本書には原著者名も出ていない。

『宇宙之舵蔓』の粗筋はおよそ次のようなものだ。少年時代から山にこもって俗世の交わりを絶ち、学問に専念していた若者が、宇宙には地球を超えた文明世界があるはずだと思いつき、「電気気球」に乗って月世界に向かう。この気球がどんな「電気的構造」を持っているのかは、残念ながら書かれていない。ともかく主人公が月に降り立つと、そこではおりしも宇宙各地から集まった文明的宇宙人たちによる星世界会議が開かれていた。主人公は会議を見学し、また進んだ月世界の文明（工場や街並み）を眺めた後、帰還するというもの。

当時、自由民権運動では、人間には生まれながらにして天から人権が授けられているというルソー流の天賦人権説がしきりに唱えられていたが、『宇宙之舵蔓』では、文字どおり人権が空からもたらされるものとしてイメージされている。議会制度や憲法を、自ら作り出すものとしてではなく、宇宙や竜宮を引き合いに出して「もたらされるもの」として描いたのは、民権小説の限界といえるかもしれない。

ちなみに、本書に付されている挿絵の「月世界都市の図」は、単なるヨーロッパの地方都市にしか見えず、「星世界会議の図」はただの会議風景で、異星人たちもみんな人間型《ヒューマノイド》であり、服装もただの洋服である。

それでも、月世界に至る技術として「電気気球」が用いられているのは興味深い（挿絵では、何と窓があるのだが、ヴェルヌの砲弾型月ロケットにも窓があった）。気球というのは、当時は最新技術であり、唯一の現実的な空中征服のための道具だった。後述するが、矢野龍溪『浮城物語』や押川春浪『海底軍艦』が『西征快心編』の延長線上に成立した〈軍艦〉系のSFだとすれば、『宇宙之舵蔓』は佐久間象山のワシントン気球侵攻計画の系譜を継ぐ〈気球〉系のSFだった。

そして気球は、上昇と進歩の象徴である一方で、今日のわれわれの感覚からすると「漂うもの」としての優雅さや暢気さもイメージされる。気球の暢気なイメージは、これが「新技術」だった十九世紀にも潜在的にあったらしい。

気球型未来社会の白眉——ロビダ『第二十世紀』

十九世紀後半になっても、未来小説のなかで、飛行機はまだ空中征服のための機関としては主流ではなかった。

多くの飛行機械を描いた作家にして画家であるアルベール・ロビダは、十九世紀フランス版の宮崎駿とでも呼ぶべき存在だったが、彼の作品では気球と飛行機が混在している。しかしやはり、主流だったのは気球だ。彼が描く気球には、正円形に近い「浮かぶための気球」と移動スピードの速さを連想させる飛行船・ラグビーボール型の流線型のそれがあるが、双方共にメタリックな機械というよりは、概して優美な姿で描かれていた。

ロビダは『第二十世紀』(一八八三)、『二十世紀の戦争』(一八八七)、『二十世紀、電気生活』(一八九二)の、いわゆる〈二十世紀三部作〉の作者として知られ、フランスではヴェルヌと並んでSFの始祖と見做されている作家だった。

今でも存在しないメカニカルな絵を描くのは難しいことだが、SFというジャンル概念が存在しなかった時代には、イメージを共有するのは、作家にとっても画家にとっても、きわめて難しかった。だから作家にして画家であるロビダの存在は、作者のイメージを忠実に視覚化し得たという点で、画期的なものだった。

たとえば『第二十世紀』は一九五七年の未来世界を舞台にしているが、そこに描かれた巨大気球によって天空に浮かぶホテルやカジノ、あるいはオペラハウスは、『天空の城ラピュタ』を思わせる。近未来の人々は、空中に設えられたそれらの施設に、自家用飛行機や空中タクシー、空中自転車、エアロランチや快速飛行艇で出かけていく。だが、その「飛行機」の構造はよく分からない。

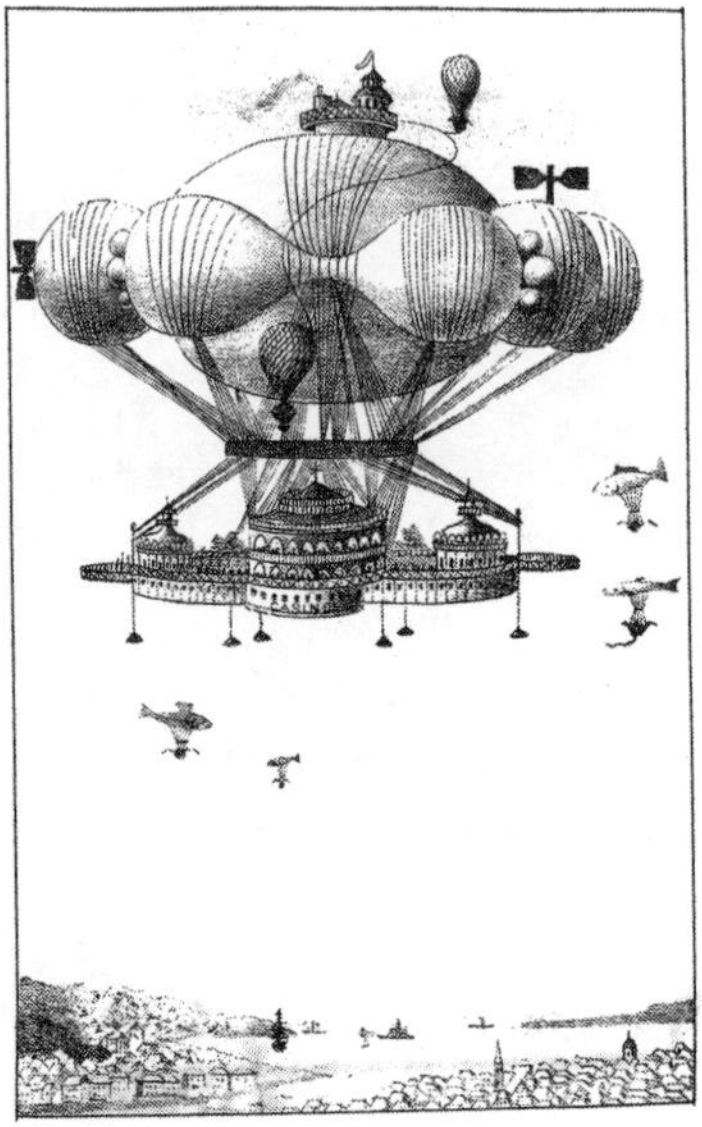

『第二十世紀』挿絵〈踏雲館（空中カジノ）ノ光景〉

同〈空中警察夜間ニ空中ヲ巡邏ス〉

同〈大気管船（チューブ式列車）出発ノ光景〉

ロビダの小説には、ほかにもさまざまな未来技術が登場する。たとえば「チューブ」と呼ばれる一種の高速鉄道（チューブ内の車両が圧縮空気によって高速で移動する）やテレフォノスコープ（テレビ電話）、同時多国語上演される演劇、料理会社による宅配サービス、回転する家（基礎部分の上に回転軸があり、家がゆっくりと回転して周囲の景色が楽しめる）、機械仕掛けの大統領（決して私利私欲に走らない）、発展を続けて国家を支配する産業資本、広告産業の隆盛……などなど。

ロビダの未来予測には、社会風刺が色濃く見られる。またロビダは、情報化が進んだ社会では、戦争も娯楽のように報道されるとしている。さらに観光地には広告があふれ、歴史的建造物がマンションに改装されてしまったり、けばけばしい宣伝に利用されるようになってしまうと考えた。ヴェルヌが当時の帝国主義的な進歩思想に比較的忠実で、実現の可能性が高い未来技術を作中に取り上げていたのとは対照的だが、意外と現代社会を適確に「予言」していた。

それでもロビダは、「チューブ」や「飛行機械」の発達によってスピードアップされた社会では、そのようにして生じた余剰の時間を利用して、庶民も演劇や芸術や読書に接する機会が増えると考えていた。その点では、進歩はいいものだという楽観主義が作品の根底にあった。風刺家のロビダにしても、機械化とスピード化が進行した未来社会では、人間はますます時間に追われるようになり、機械の部品のように扱われるようになってしまうとまでは、想像できなかったようだ。

ロビダ作品は、日本でも明治十年代から二十年代にかけて、数種類の翻訳が出版された。その主なものは次のとおり。

『開巻驚奇第二十世紀未来誌　巻之二』　富田兼次郎、酒巻邦助訳（稲田佐兵衛刊、明治十六年十二月）
『世界進歩第二十世紀』第一〜第三編、服部誠一訳（岡島宝玉堂、明治十九年六月〜二十一年五月）
『社会進化世界未来記』　蔭山広忠訳（春陽堂、明治二十年六月）

訳者の一人である服部誠一は『東京新繁昌記』などの筆者として当時文名が高い人物だったが、『世界進歩第二十世紀』の実際の翻訳者は、服部ではなかったらしい。柳田泉は『政治小説研究』のなかで、岡島宝玉堂版の文章は稲田佐兵衛刊版に似ていると指摘し、おそらく富田兼次郎、酒巻邦助翻訳の版権を出版社が買い取り、それを服部に依頼して文飾を施して刊行したのではないかと推定している。だが、当時はまだ著作権が明確に確立しておらず、あえて正式に版権取得をしたのかどうかは不明だ。翻訳時に参考にしたかもしれないが、岡島宝玉堂版が稲田佐兵衛刊版に直接手を入れて製作されたとは断定できない。両書の挿絵も、それぞれロビダ原著の別の挿絵を元に作られているものの、同一ではない。一方、紀田順一郎の『明治の理想』によれば、岡島宝玉堂版の本当の訳者は高田早苗（後の早稲田大学学長）だったという。なお、服部誠一（号・撫松）自身、『第二世夢想兵衛胡蝶物語』（明治十七）、『二十三年国会未来記』第一〜二編（明治十九〜二十）、『二十世紀新亜細亜』（明治二十二）、『支那未来記』（明治二十八）などの政治小説・未来小説を数多く書いており、単に名義を貸しただけではなく、こうした作品に強い関心を持っていたのも事実だと思われる。

『第二十世紀』と女権SF

ロビダ『第二十世紀』における未来予測の特徴は、気球による空中文明の発達や広告過剰社会だけではない。ロビダは作品のなかで、多くの「未来ファッション」も描いている。とはいえ、それはわれわれ現代人の眼からは実際の十九世紀後半フランス・ファッションと区別がつかないものが多い。相変わらずコルセットで腰を締め上げており、帽子も必需品だ。もっとも、被服史に詳しい知人によると、女性のスカート丈は当時としては非現実的に短いという。

しかしファッション以上に斬新だったのは、「女性の社会進出」を描いたことだ。

ロビダ作品のなかでは、女性が普通に大学に進学し、弁護士や証券仲買人となり、あまつさえ選挙権・被選挙権も得て、男性候補を抑えて国政に参加する様子が描かれている。今日では誰も不思議に思わないが、十九世紀的な基準によれば、女性は経済面ではさておき、政治的には男性と対等な権利を持たないとされていた。これは「進歩的」な欧米でも同様だった。アメリカでは、南北戦争の後に黒人男性にも参政権が認められたが、黒人女性には選挙権が与えられなかったし、女性は白人でも、まだ参政権がなかった。アメリカの婦人参政権運動は、男性だというだけで黒人にも参政権が与えられたのを契機として、激しく燃え上がった。ロビダの時代、フランスでも女性の権利運動が高まり、一部には不穏な空気さえ漂っていた。

当時、女性に参政権が与えられないのには、一応の理屈があるとされていた。それは主に、国民の最大の責務とされた兵役が、男性のみに課せられていたことによる。国家が戦争を決定すれば、兵士は命を賭けて戦わなければならない。元々フランスでも参政権は納税額によって制限されていた（これは、一定額以上納税した者だけが、その使い道を決める政治に参加できるという義務・権利の意識に由来していた）が、近代国家が国民皆兵制を導入していく過程で、次第に普通選挙運動が広まっていった。それでも「国民皆兵」の「みんな」というのが男に限られていたため、選挙権も男性だけに認めるにとどまったという流れがあった。

しかしロビダは、自分の作品のなかで女性たちに女性義勇軍を組織させる。女たちは自分の権利のために男性と渡り合い、自ら戦うことによって、対等な権利を獲得するのだった。あるいはこうした「強い女性」への感覚は、ロビダが画家としてファッション界に深く関与していたこととも関係があるのかもしれない。そこでは多くの女性たちが、男性と変わらずに働いていた。ところでロビダ作品では、イギリスはモルモン教の国になっており、一夫多妻制が布かれているという設定になっていて、アメリカは中国とドイツに分割され、そのあいだに細々とモルモン共和国があるということになっている。どうやらロビダは、モルモン教にかなり関心が強かったらしい。ロビダの風刺の筆は四方八方縦横無尽にふるわれている。

女性参政権をめぐる女権運動は、明治前期の日本にもあった。明治維新前後には、少数ながら女性の志士もいたし、日本では江戸時代から女性の識字率も高かった。さらに明治初頭には、かなり先進的な欧米の自由思想も日本に入ってきており、それらによって女性参政権に対する「理解」が、かなり広まっていた。

紀田順一郎の『開国の精神』によれば、日本における女権思想は、ミルの『婦人の隷属』(一八六九)が『男女同権論』として明治十一(一八七八)年に訳出されて以降、理論上も充実した女権拡張論時代が訪れたという。もっとも、民権運動によるラディカルな社会革命のムードがしぼんでゆくにつれて、女権拡張論も改良主義的な妥協の方向へと転換を余儀なくされたという。参政権ではなく、教育を受ける権利や社会進出の提唱といった、穏健な主張が「女権」として唱えられるようになったのだった。あるいはそれが、民権論者を含む当時の男性知識人の限界だったのかもしれない。

改進党系の民権思想家だった須藤南翠は「新粧之佳人」(明治十九)のなかで、女子教育の必要性は説いたものの、欧化風潮に乗って社会進出を図る女性の「軽挙妄動」を戒めているし、広津柳浪も、処女作である「蜃中楼」(明治二十)のなかで、ひとりの女学士が女子参政権のために奔走するものの、虚しく狂死する悲惨な話を、女子参政権は蜃気楼のようなものだと、ややや冷ややかな視点から描いている。

これに対して、杉山藤次郎の『文明之花』（明治二十）は、真正面から婦人参政権を主張した作品である。もっとも、全篇が演説調で、小説としてはあまり面白くはない。それでも、東京の議会で婦人参政権運動に反対する演説をした議員が、帰郷して家に帰ると奥さんから厳しく叱責されるなど、大正デモクラシー期の「かかあ天下」ブームを先取りした感もある。本書は〈五州列強の政治を顧慮するに未だ一国の女子に参政権を与ふるものなし。（中略）実に偏頗不公平の至りなり〉と指摘し、〈女子を愛せんと欲する者は必ず其の権利を仲暢せん事こそ務む可けれ。否、是レ先覚なる一般男子の義務責任なり〉と結んでいる。ちなみに日本で婦人参政権が認められるのは一九四五年、この作品が書かれてから六十年近く後のことになる。

『文明之花』

明治前期の空想的政治小説は楽観主義に過ぎると見られがちだ。実際、政治小説は現実の民権運動の挫折に伴い、自己の姿をロシア虚無党の敗北などに重ね合わせる悲惨小説の系譜と、現実を離れて理想の到来と達成を語る未来小説の系譜へと分離してゆく。だが、後者を軽薄と決めつけるのは誤りだろう。理想的社会を達成されたものとして描く未来小説形の政治小説は、そのような「甘い世界」を描くことで、現実の欠落を際立たせる。そこには、たとえば現代SFにおいて、筒井康隆が『美藝公』で示したような、美しい世界を描くことを通しての強烈な現実批判、切ない希望への回路を、それなりに刻んでいたのだと私は考えている。

第三章　覇権的カタルシスへの願望——国権小説と架空史小説

世界への躍進を目指して——国権的政治小説の萌芽

明治二十二（一八八九）年二月十一日。この日、日本では大日本帝国憲法が発布され、近代的立憲国家としての体裁が整えられ、翌年七月には第一回衆議院議員選挙が実施された。かくして明治二十三年十一月には「明治二十二年ヲ期シ議員ヲ召シ国会ヲ開キ」という明治十四年の国会開設の詔勅が約束したとおり、第一回帝国議会が召集される運びとなった。

柳田泉は帝国議会の開会を、政治小説の潮流が民権小説から国権小説へ変わった分岐点としている。SF的な視点からいえば、民権的な政治小説の多くは未来小説に属しており、国権的政治小説は冒険小説・シミュレーション小説の系譜に連なると私は考えている。国権小説というのは、日本が国力を展ばして、幕末に欧米諸国から押し付けられて以来の諸外国との不平等条約を撥ね退け、海外に国土を拡張して行くといった筋立てを基本構造としている。

たとえば、天台道士（杉浦重剛）立案・福本誠（日南）筆記『樊噌夢物語　一名新平民回天談全』（澤屋、明治十九）は、日本国内で不当な差別を受けていた人々を比律賓に移民させ、そこに新天地を開こうという物語だった。当時、フィリピンはスペインの植民地であり、独立運動を図る人々をアメリカが支援していたものの、そのアメリカもまたこの地に領土的野心を抱いているといった状況があった。共に欧米の圧迫に苦しむ東アジアの民である日本人にも、独立派のアギナルド将軍のシンパは少なくなかった。山田美妙には『将軍アギナルド』全一（明治三十五）という著作がある。

なおこの本は、後に杉浦重剛立案・福本日南筆記『樊噲夢物語』（東半球協会、昭和十八）として復刻されている。この時の復刻は、大東亜戦争の戦時下という時局柄、この作品を大東亜共栄圏構想の先駆を為すものとして評価してのことだが、注目すべきは「杉浦重剛立案」とあることだ。杉浦は、昭和天皇の教育に関与した人物であり、また『西征快心編』の巌垣月洲の門弟でもあった。ここにはたしかに、ひとつの精神的系譜があった。

東洋奇人『世界列国の行末』（金松堂、明治二十）も、早い時期に書かれた国権的政治小説であり、ＳＦ度も高い作品。時は二十六世紀、地球は七大強国によって分割され、なかでも、波羅的《バルチック》専制国と合衆共和国が、世界の二大勢力となっていた。このうち、波羅的専制国は侵略的な覇権国家で、合衆共和国は比較すると平和主義的な体制である。

一方、日本は極東の小国ではあるものの、近隣諸国と友好関係を築き、軍備も整えて、そのような世界情勢のなかでも独立を保っていた。しかし波羅的専制国による侵略の危機が迫ってくる。合衆共和国に援助を求めるが、自国の利益ばかりを重んずる共和国の協力は、容易には得られない。波羅的専制国が欧州でも戦争を引き起こすに至って、ようやく合衆共和国は動き出すが、すでに波羅的専制国はアジア大陸を占領し、簒奪をほしいままにしていた。日本は東アジアの同胞たちを助けるべく、抵抗運動を繰り広げる。シャンハイで日本人ゲリラが専制国軍を襲ってこれを敗走させ、また共和国で義勇軍を結成したタチハナら日本人が欧州側から専制国を攻撃するなどして、波羅的専制国の野心を打ち砕くという地政学的展開が見所だ。

ロシアの後嗣と思われる波羅的専制国と、アメリカの後嗣である合衆共和国という米ソ対立の図式を思い描き、正義や理想では動かない国際政治の実態を描こうとした点で、注目すべき作品である。

ちなみに『世界列国の行末』には、『西国立志編』で知られる中村敬宇が序文を寄せている。また著者の東洋奇人の本名は高安亀次郎といい、茨城県鹿島郡の出身で、ほかに『政界情波寝やの月』（明治二十）、『英国革命姿之夜桜』（明治二十一）などの政治小説や、やや後になるが日露戦争記録『日露大戦争史附軍国名誉鑑』（明治三十八）などの著作がある。

須藤南翠——小説界の巨星と呼ばれた南進論小説家

こうした前史を経て、いよいよ本格的な国権的冒険小説が登場することになる。

再び柳田泉の分類にふれると、柳田が民権小説も国権小説も政治小説として総括したのには理由があって、それはこれらがいずれも国家のあり方を論じているばかりでなく、同一作者が明治十年代には民権小説を書き、二十年代には国権小説に転じた例が少なくないことにもよっているだろう。その代表格が須藤南翠であり、矢野龍溪だった。

南翠はまず、『旭日美譚』（明治十六）や『天誅組誉之旗挙』（明治十七）など、主に歴史小説のなかに民権的主張をにじませるという作品を書いていた。未来が舞台になるのは「緑蓑談」（明治十九）頃からだろうか。この作品は、帝都一極集中の現行制度が地方を圧迫し、人民の自治権をないがしろにしており、国家のためにもならないので、地方分権により国土全体を活性化させ、人民の自立的活力を高めることが国益になるという主張を帯びた民権小説だった。「新粧之佳人」（明治十九）も、近未来を舞台にしている。そこでは既に議会政治が行われ、二大政党の対立や政党内閣制が自明のことになっている。衣食住の欧化も進んでおり、男女同等の権利が主張されてもいる（ただし、この点については行き過ぎた欧化として批判的なまなざしも導入されている）。この小説は民権小説であると同時に、外国人の内地雑居を受けて、いっそうの法整備や周辺諸国に対抗するための海軍拡張論も展開されている。

南翠が国権的主張を前面に押し出したのは『春暁撹眠痴人之夢』（明治二十）辺りからだ。この小説では清国が琉球の領有権を主張して日本を挑発し、日清間に衝突が起きることが想定されている。この頃、現実に清国の海軍増強が進み、日本にとっても脅威となっていた。改進党は海軍拡張を唱えるようになっており、南翠はそのイデオローグのひとりであった。

『旭章旗』（原題「曦の旗風」として「改進新聞」明治二十年七月九日〜九月二十五日、単行本は春陽堂から上巻・二十二年十二月、下巻・二十三年一月刊行）は明治二十九年という近未来を舞台としている。この頃、東シナ海の権益をめぐってロシアが策動し、清国も軍備を強化していた。東南アジアから太平洋地域にかけて植民地を有するオランダ、フランス、イギリスなども油断のない動きをみせている。そうしたなか、行方不明になっていた軍艦畝傍（畝傍の失踪は実際の出来事）の乗組員たちは、発見した孤島を「日の出島」と名付け、秘かに日本のために独自の備えをしていたのだった……。この作品には、現実の政府の軍備不足、弱腰外交への批判が強くにじんでいる。ちなみに現実の日本は朝鮮半島での利権拡張を狙う北進（大陸進出）的政策を取って行くことになるが、国民的人気は圧倒的に「北守南進」路線に向いていた。それには南翠らの作品の影響も大きかったのかもしれない。

幸田露伴は、須藤南翠のことを饗庭篁村と並ぶ明治初期小説界の二巨星と賞賛し、その作風を〈（南翠は）能《よ》く読者心理を合点してそれに応じて物語の展開や結構を定めるだけの智を有してゐた人であり（中略）南翠氏は、その智謀に於て社会の視聴を寄せさせ、色々の人々をして其小説を耽読せしめむだけの技倆を有して居られた〉（「早稲田文学」大正十四年六月号）と高く評価している。

南翠作品のほかにも、小宮山天香「冒険企業連島大王」（「改進新聞」明治二十年十一月十九日～二十一年三月二十八日）や遅塚麗水『南蛮大王』（春陽堂、明治二十七年一月）など南進論小説は数多い。

『浮城物語』——明治中期冒険小説の白眉

南進論小説で須藤南翠以上の成功を収めたのが、矢野龍溪だった。そもそも龍溪は明治十六（一八八三）～十七年に『斉武名士経国美談』を著し、民権運動に大きな弾みをつけた人物だった。

龍溪は佐伯藩士の家に生まれ、明治三年に父が葛飾県知事になったのを機会に上京、慶應義塾に学び、明治八年には慶應義塾大阪分校で教鞭を執った。明治十一年に福澤諭吉から大隈重信大蔵卿（当時）に推薦されて大蔵省に入り、以後、太政官大書記官などを歴任する傍ら、私擬憲法を起草するなど穏健な民権論者として文筆も行っていた。明治十四年の政変で大隈が下野すると、龍溪も共に官界を去り、以前から関係のあった「郵便報知新聞」の社長となる一方、犬養毅・尾崎行雄らと共に立憲改進党結成に参加した。

『経国美談』は古代ギリシャのセーベを舞台に、寡頭政治のもとで迫害されていた真の愛国者たる市民たちが民政を回復する物語で、後編ではその民政国家が軍事大国スパルタを迎え撃ち、独立した都市国家郡からなるギリシャの盟主になるまでが描かれている。これが幕藩体制を脱して統一された日本の、「あるべき理想の未来」を示した作品であることは自明であり、明治十年代の民権派有志のバイブルとなっていた。

この本の印税によって龍溪は洋行した。そしてフランスやイギリスでは立憲議会政治を視察したのだが、それと同時に人種差別を体験し、貧富の差の大きさや植民地の窮状に衝撃を受けて帰国した。龍溪は、憲法や議会制度を備えた欧米の文明国が、同時に侵略をほしいままにする軍事大国である事実をしっかりと胸に刻んだ。帰国後に連載した「報知異聞」（「郵便報知新聞」明治二十三年一月十六日〜三月十九日）には、そのような見聞が生かされている。

この小説には、それぞれに「文」と「武」を象徴するふたりの人物、作良義文と立花勝武が登場し、その指揮の下、集まった志士たちが海王丸という船を仕立てて南方に向かう。その途中で海賊と戦い、逆に船を奪って浮城丸と名付け、インド洋方面で活躍するという筋立てで、南進論的な国権拡張小説だった。

　連載終了後、この小説は『報知異聞浮城物語』として刊行されたが、ベストセラーになる一方で、物議を醸すことにもなった。

　この小説に対して、激しい批判が起こった原因のひとつに、ここに書かれた龍溪の主張を、彼の民権から国権への打算的な「転向」と見做す人々がいたという事情があった。もっとも、このような「移動」は龍溪だけがみせたものではなかった。穏健な民権論者は、憲法が制定されて帝国議会も開かれたことで、一定の民権獲得は達成されたと考えた。これから先の日本人民の権利拡張のためには、不平等条約で奪われている日本人・日本国の権利を回復することが不可欠で、つまり民権拡張のためにも対外的な国権拡張を進める必要があるというのが、矢野龍溪、須藤南翠、そして尾崎行雄などにも共通する認識だった。

『浮城物語』

　このような政治的読みからの批判のほかに、もうひとつ、「文学」の価値は何か、そもそも「文学」は何を目指すものなのかという文学観が、ちょうどこの時期、大きく転換しようとしていたことからくる議論があった。近代的な文学観を唱え出した人々にとって、『浮城物語』は旧文学の象徴のように見られ、激しい攻撃の的となった。いわゆる『浮城物語』論争である。

「上の文学」の終焉、「悦び」の非主流化

『浮城物語』には森鷗外が序文「報知異聞に題す」を寄せている。その文章を鷗外は、〈報知異聞、既に出でたり、之を評するもの曰く、武談に似たりと、武談とは彼欧洲「ロマンチック」の胚胎せし所にしてマンチヤの貴公子が愛玩して心を喪ふに至りしものか、之を評するもの又曰くジユール、ヴエルヌが稗史に似たりと、ジユール、ヴエルヌが稗史とは彼、自然学の事を藉りて結構をなし流俗の眼を驚かしたるものか〉と書き出す。そして〈今の欧洲の文学者は大抵皆ジユール、ヴエルヌを卑めり其之を卑む所以は蓋《けだ》しヴエルヌが其小説の主人公を駆て或は蒼天の上に上らしめ或は瀛海の下に下らしむる〉と、自然主義的な文学観からは低く見られていることを確認したうえで次のように述べている。

〈或は云く小説は詩なり報知異聞は果して詩として価値あるべきかと、嗚呼、小説は実に詩なり、叙事詩なり而れども其境域は決して世人の云ふ所の如く狭隘なるものにあらざるなり（中略）報知異聞は今、僅に其初篇の出でたるのみなれば未だ其全局を覗ふに由なしと雖《いへど》も其詩天地の間に於て一版図を開くべきは余の毫も疑はざる所なり〉

これは日本最初のSF擁護論といえる。さすがは星新一先生の大伯父（祖母・小金井喜美子の兄）だ。また徳富蘇峰や翻訳家の森田思軒も、この作品を賞賛した。しかし内田魯庵や石橋忍月は、痛烈な批判を浴びせかけた。

矢野龍溪は『浮城物語』の自序において〈野史小説の要は人を悦《よろこ》はしむるに在り、憂る者を楽しましめ、窮する者は之を達せしめ、悶を遣り、欝を洩らさしむれは、読者乃ち悦ふ、堅艦巨駁向ふ所前無く、雄略壮図異域に横行し、理科学術世人の未た為《な》し能《あた》ハさる所を為し、遠航貿易遺利を海外に収む、是れ此書の記す所なり、邦人若《も》し之を読て大いに悦はゝ其の悶欝の在る所亦《ま》た知るへきのみ〉と述べている。この自序は小説の価値を読者を悦ばせることに置くと宣言している点で、エンターテインメント宣言とも読める。

これに対して、不知庵主人こと内田魯庵は、まさに「野史小説の要は人を悦はしむるに在り」という点を強く批判した。そして〈余は考ふ、小説は人間の運命を示すものなり、人間の性情を分析して示すものなり。而《しか》して最も進歩したる小説は現代の人情を写すものにして、此以外に小説なしと云ふも可なり。（中略）所謂《いわゆる》英雄譚或は寓意小説等はフイクション（仮作物語）の範囲に属すべしと雖も決してノーベルと云ふを得ざるなり〉（「『浮城物語』を読む」其一、「国民新聞」明治二十三年五月八日）と自説を展開した。

また石橋忍月も〈（小説は）人間生活を写すを以つて目的となさざる可ならず、（中略）人間生活を目的とせずんば、関係なき人事を附造して結構の眩爛を喜ぶとせば、是れ小文人の拙技のみ、吾人は報知異聞が「美」の約束を守らざるを悲しむ、人間生活を目的とせざるを悲しむ〉（「國民之友」明治二十三年四月三日）として、龍溪作品を痛撃している。

このため『浮城物語』論争は、純文学的文学観と大衆読物的文学観の対立と解されることが多い。また敏感なＳＦファンなら、一九六〇年代以降、数十年にわたって繰り返しＳＦに浴びせられた批判と同質のものを、ここに感じ取るだろう。日本では長年にわたって、「人間が書けていない」という批判が、SFに対して発せられ続けた。

ところで「人を悦はしむる」といっても、龍溪が考えるその「悦び」とは、雄大な理想に啓発される悦びである。国権的な冒険小説は単なる娯楽読み物ではなく、読書を通じて行動に向かっていくことを促す政治小説なのである。

『浮城物語』が前近代的な文学観を引きずっているのは確かだ。だが、それは必ずしも『浮城物語』が前近代の読本・稗史の系譜を引いていることを意味しない。

民権小説であれ国権小説であれ、政治小説は小説の結構を借りながら天下国家を論じているという点で、左国史漢の系譜に属するということができる。つまり文体的には明治の言文一致体で書かれていても、その精神は前近代の漢文学に通じている「上の文学」だった。前近代の戯作や読本は、卑俗な人情や風俗を描いたものとして、前近代の価値観では「文学」とは見做されない「下の文学」だった。ところが、その人間の情念や日々の営みを描くことこそが人間の本質に迫る文学の正道であるという思想が、西洋からもたらされた。矢野龍溪批判の論陣を張った内田魯庵は、ドストエフスキーに感銘を受けて、近代的な文学観に急速に引き付けられていたひとりだった。

『浮城物語』論争を契機として明確になった変化は、それまで文学の本流視されていた「上の文学」「下の文学」といった価値観が後退し、代わって「純文学」「大衆読物」という区分け（まだ、そのような名称は確定していないものの）が、作品の評価基準として確立することになったということだ。これより後、「上の文学」的な明確な主張やカタルシスを持った小説の多くは、大衆小説と見做されるようになっていく。

ところで「上の文学」から「純文学」へと引き継がれた価値観も、ないわけではなかった。それは主人公の煩悶である。もちろん「上の文学」では、人々は天下国家のために煩悶し、悲憤慷慨し、そして行動した。これに対して、純文学で好んで描かれた煩悶はもっと内面的なもので、多くの場合、主人公はその懊悩を自己の内部に抱え込んだまま、カタルシスは訪れない。

「文学」は「想像」を排除するのか、SF百年論争の起点

『浮城物語』をめぐる〝文学派〟と作者・矢野龍溪の隔たりは、これが娯楽小説に過ぎないか否かという問題だけではなかった。SFに対する、より本質的で後々にも繰り返し問題視されることになる論点が、別にあった。それは小説内の設定時間に関する制約である。

近代文学の総合理論として、坪内逍遥の『小説神髄』(明治十八～十九)は、当時、大きな位置を占めていた。内田魯庵も石橋忍月も、この『小説神髄』の論理を背景にして自説を展開していた。逍遥はこの本で、「小説すなわち那ベル」を仮作物語の最高の進化形態と規定した上で、小説というものは現実を直接観察して妙想を得た作品でなければならないとした。つまり未来を描くことは不可としたのである。

思えば文学を進化論的に捉え、小説のタイプを系統発生的な進化序列の枠組みで論じていること自体、一種の科学主義的急進思想なのだが、そのような思想に基づいて、未来に想像を馳

せる小説が、小説ではないと断じられたのは、皮肉なことだった。なお、逍遥は後に『小説神髄』中の、小説の「進化」を「進歩」という表現に改めているが、文学の趣向が時代と共に進化／進歩する（あるいは「すべき」）ものであるとの主張は変えなかった。これに対して、夏目漱石の『文学論』は、文学の時代思潮が推移する原因を「倦厭」という概念で説明し、〈推移の必ずしも進歩を意味せざる〉と述べている。

坪内逍遥は『浮城物語』出現以前に、「未来記に類する小説」（「読売新聞」明治二十年六月十四日、十五日）を書き、未来小説批判を展開していた。逍遥はまず、明治前期に現れたSF的な小説を〈第二十世紀とかいふ小説あり新未来記とかいふ訳書もあり　其外表題は申さずとも読者が御存知の諸稗史ありいずれも現在を遥かに離れて未来を映さんと試みたるものなり〉と規制する。そしてウベルネ（ヴェルヌ）の作品は未来記の傑作と認めたうえで〈ウベルネの主眼とする所は学術の進歩を示すにあり　有形の社会の星霜の変化したる様を示すにあり　故に真成の小説の如くに強《あなが》ち妙想を写さんとはせず外部の現象を写し得ればそれにて十分に満足したる者にて　云はば変則の小説にして所謂哲学の同胞にはあらで理学の解釈例証に過ぎざるものなり　更に語を換へて之を言へば理学の将来を想像して進歩の極点を描きたる迄なり　有形物の進歩を想像したるまでなり　無形の妙想を写したるには有ず　人情の進化を描たるには有ず　其結構こそ相異なれ〉と主張した。

つまり未来がどのようなものか、実際に経験したように分かっている者はおらず、分からないことを仮定して小説を書くのは不当だというのである。それなら、分からない他人の心のなかをあれこれ想定して小説を書くことも不当で、自分のことしか書けないということになりかねない。実際、私小説の理論は、そうした文学観によっているだろう。『小説神髄』には十九世紀の写実小説への強い傾斜が見られるが、ヨーロッパの文学でも伝統的な語りの形式は三人称によるもので、一人称ナレーションが増えはじめるのは、この時代の特徴だった。しかし一人称で書かれているからといって、真実の告白というわけではなく、それもまたフィクションの手法のひとつなのだが、日本の写実主義―自然主義の文学観は、文芸上のひとつの技法を精神として受け入れたのである。それにしても、同時代のこと、自分のことなら真実を写し得るのかというのは、きわめて大きな命題である。SFでは後に自己の内的宇宙《インナースペース》を主題とする作品が数多く書かれるようになるが、そこでは私小説的リアリズムとは異なる、しかし真摯な人間探究が試みられた。

捏造される「歴史」

『浮城物語』は近未来における日本の海外進出（南進論）を示唆する物語だった。これに対して、大陸への進出を示唆する北進論的物語は、未来小説ではなく、過去の歴史のなかに架空の権利を見出す方向で打ち立てられる傾向があった。いわゆる偽史運動にもつながっていく「義経＝ジンギスカン説」的な小説群である。

偽史については以前『偽史冒険世界』（筑摩書房、一九九六）という本にまとめたことがあるので詳細は略すが、日本では外地に領土を拡張していく場合、何らかの歴史的請求権を主張するのが前近代からの伝統になっていた観がある。これは何も日本に限ったことでなく、西洋でも領土や王位継承権を唱える際には、些細で疑わしい系図上のつながりや古文書を持ち出すのが、むしろ通例だった。ただ日本の場合、怪しげな古文書どころか、架空の物語を作り出すことによって、民衆ぐるみで侵略を失地回復の物語として納得する傾向が顕著だった。

その典型が、中世の「御曹司島渡」に起因する蝦夷地帰属説話であり、琉球にまつわる為朝伝説の喧伝である。「御曹司島渡」は御伽草子の一種で、牛若丸が修行のために魔界と地続きの蝦夷島に赴き、様々な修行をして帰還する物語で、後の〈義経＝ジンギスカン説〉とは異なる。だが、この物語が蝦夷に住まう日本人のあいだで広まり、江戸初期には奥州平泉で死なかった義経主従が蝦夷に渡り、当地の支配者となったという話に転化した。そして寛文十（一六七〇）年、林羅山らがまとめた『本朝通鑑』に、義経が蝦夷に渡ったとする説が記載されるに至る。それは奇しくも、アイヌによる最後の大規模な抵抗、いわゆるシャクシャインの戦いの翌年のことだった。その後、江戸時代のあいだに義経伝説は物語と「史書」（偽文書）の両方で逸話が拡大を続け、義経が大陸に渡り、その子孫が金国の将軍になったという物語を経て、満州族の出で清国の皇帝となった愛新覚羅氏も義経の子孫だといった話が膨らんだ。その影響はシーボルトにも及び、彼の『日本誌』には、韃靼には義経を祀った祠が現存するという記述があるほどだった。

こうした「義経、大陸移動説」は、明治以降、新たに強化されて、微妙に近代的イデオロギーを加味しつつ書き継がれ、拡大してゆくことになる。

明治十八（一八八五）年に出版された内田彌八『義経再興記』（上田屋）は、義経が大陸に渡り、遊牧騎馬民族の大勢力を為して、その子孫が清国建国にまでつながっているとの物語を展開。おりしもイギリスに留学中だった末松謙澄は、同時期に、日本人の偉大さを宣伝する目的で、「義経＝ジンギスカン説」を主題とする論文を英国で発表した。

さらに日本国内では、義経主従による蝦夷地統一物語である永楽舎一水『義経蝦夷勲功記』（金盛堂、明治十九）、内田の著作を軍記物として増補した清水米州『通俗義経再興記』（東京文事堂、明治十九）などが続々と出版された。これは大正期に出版されてベストセラーとなる小谷部全一郎『成吉思汗ハ源義経也』（大正十三）の種本となった。また、源為朝が琉球王となる物語を書いた高木親斎『為朝再興記』（金鱗堂・真盛堂、明治二十）なども、同系統の本ということができるだろう。

『義経再興記』

先に前近代までの東アジアでは、文学の王道は歴史書だったと述べたが、歴史書にもいくつかの種類がある。正確な歴史、国家が威信をかけて編纂した歴史書は正史とされ、在野の史家による編纂、巷間に伝えられたいささか怪しげな説を含むものは野史と呼ばれた。これに対して稗史といえば稗官が世間の噂や細事を歴史風に記したものであり、転じて小説と同義で用いられた。『浮城物語』論争に関連して引用した森鷗外や坪内逍遥の文中で、ヴェルヌ作品が稗史と呼ばれていたが、明治初期にはノベルの訳語として稗史を充てた事例も少なくない。中島勝義『稗史小説ノ利益ヲ論ズ』（明治十四）、三木愛花『稗史小説ノ結構及ビ功用ヲ論ズ』（同）などといった論考もある。

では、偽史とは何か。明らかに虚構の話を歴史として押し通そうとするのが偽史である。ところで「これは事実である」「このような記録が見つかった」という書き方は、近代小説でもしばしば使われたものだ。そもそも近代文学は私的な、内面の真実の告白を描くものという考え方があるが、デフォーの『ロビンソン・クルーソー』（一七一九）が記録文学を装い、ゲーテの『若きヴェルテルの悩み』（一七七四）が書簡体で書かれていることからも分かるように、近代文学は本当の私的告白ではなく、当初から「告白らしさ」「真実らしさ」を装った虚構だった。この装いは私小説や現代文学どころか、テレビの「アウターリミッツ」や「ウルトラQ」の「これは真実の記録です」といったようなナレーションにまでつながる基本技法となった。

だとすれば偽史は、歴史ではなく文学（前近代の左国史漢的「文学」ではなく、真実の記録を装うフィクションとしての近代文学）として論ずべき「作品」だ。読者は偽史を「信じる」ことがあるかもしれないが、〈偽史〉の作者はそれが事実ではないことを知りながら書いている。偽史は厳密にいえば歴史ではなく、文学が扱うべき対象だと考えるのは、そうした作者のメンタリティへの認識からだ。私小説が私的真実を装った小説であるように、偽史は史的真実を装い、未来への欲望を過去形で語る倒錯した未来小説なのである。

偽史のパロディとしてのシミュレーション小説

偽史が歴史を装っているのに対して、明確にフィクションの形をとりながら、同様の架空史を娯楽小説として描いてみせたのが、杉山藤次郎（号・蓋世）だった。前章で紹介した『黄金世界新説』『文明之花』の著者だが、彼は多くの架空史小説を書いている。

その代表作、『軍書狂夫午睡之夢』（明治十七）の粗筋は、およそ次のようなものだ。

ナポレオン・ボナパルトが、現実の歴史では失敗したシリアのサン・ジャン・ダルク要塞攻撃戦に勝利し、ここにアジア征服の拠点を得たという設定ではじまる。ここでナポレオンは欧米の古今の英雄豪傑に檄文を送り、自分の許に結集して世界征服に立つよう求める。この呼びかけにアレキサンダー大王やジュリアス・シーザー、クロムウェルなど、時代も違う英傑たちが応ずる。ナポレオン軍はトルコからインドに向かって進撃。先鋒を務めるアレキサンダー大王はインド諸王が率いた象部隊を殲滅させ、ナポレオン軍はヒマラヤを越えて中国へと攻め入る。

『午睡之夢』

これに対抗しようと、中国でもアジアの古今の英雄豪傑を結集して陣営を整える。ジンギスカンやティムールが駆けつけ、諸葛孔明が軍師に就いた。孔明は日本にも援軍を求めたが、徳川家康は即答せず、

『豊臣再興記』挿絵〈秀吉百丈の大銅像　両亜欧洲三大洲を睥睨す〉

やはり古今の英雄豪傑を集めて対応を協議した。この時、豊臣秀吉は東洋軍、西洋軍のいずれが勝つにしても、疲弊は免れない。日本は今回の戦いには参戦せず、辛くも勝利を得た側を叩いて、自ら世界征服をすればよい、と主張した。楠木正成は、これを武士にあるまじき奸計と批判するが、多くの武将が秀吉に同調したため、涙ながらこれに従うことになった。もっとも、日本の計画どおりにはことは進まず、西洋軍、東洋軍、そして日本軍の三つ巴の戦いが展開することになる。その戦いぶりは、それぞれの有名な戦略、歴史的戦役のパロディになっていて、この時代の小説としてはかなり面白い出来になっている。ただし、これはすべて軍記物語に熱中する作者が見た夢の話であり、作者が目覚めてみたら僅か三分しか経っていなかったという枠構造で、物語は閉じている。

同じく杉山の『仮年偉業豊臣再興記』はタイトルからも分かるように、一見すると『義経再興記』『為朝再興記』のような偽史系小説のように見える。しかしその内容は、『午睡之夢』同様の壮大な架空戦史ファンタジーであり、作者も読者も、これを歴史として扱ったとはとうてい思えないものだ。

『豊臣再興記』は、日本統一を果たした豊臣秀吉が世界を統一する物語だ。秀吉は唐渡陣（大陸出兵）に勝利して、朝鮮や明国を征服するが、それだけでは満足せず、さらにシャム、インド、ルソンなどを攻め落とし、トルコ、アラビア、シベリアの同盟軍も打ち破り、慶長五（一六〇〇）年正月（開戦から四年半）にはアジア全土を統一する。しかし秀吉はこれでもまだ満足せず、ヨーロッパ侵攻の準備をはじめる。その最中に体調を崩した秀吉は薨去するが、冥界で孫悟空に出会い、「猿」同士のよしみで閻魔大王にねじ込んでもらい、寿命帳を改竄、不死身となって現世に戻ってくる。そして全ヨーロッパを征服し、地球大皇帝となる。それでも秀吉の野心は止まらず、今度は孫悟空と共に地獄までも攻め取ろうとする。さすがに見かねた仏様がやってきて念仏を唱えたので秀吉も抵抗できず、筆者の筆も動かなくなった――というところで、ようやく話は終わる。

ＳＦ、ことに日本ＳＦにはユーモラスな風刺精神を備えた名作が多いが、杉山藤次郎はその先駆者といえる。

ところで杉山自身は、自分の作風をどのように考えていたのだろうか。彼は『豊臣再興記』の〈凡例〉で、次のように述べている。

〈文章の美妙巧緻能く読者の心目を娯楽しむるにあり　故に其記す所は寧《むしろ》普通社会の人情を離れて科学小説若しくは兵事小説をもて面白く可笑《おか》しく楽しく喜ばしく又武《たけ》く勇ましく奇《く》しく妙へなる愉々快々の筆をもて書き或は読者の精神を天外に飛揚《とびあが》らしたるを厭はず

斯く論《あげつら》ひ来れば世の学者先生或は云はん　是れ奇異譚にして小説にあらずと　夫《そ》れ或は然らん　然りと雖ども余は其奇異譚たると小説たるを問はず苟《あたか》も仮作物語を綴らん者は必ず面白味を第一の精神骨髄となすこそ其有効の主眼と信ずるなり〉

尾崎行雄が「科学小説」の語を提示したのが明治十九（一八八六）年で、本書は二十年。科学小説というジャンル概念の定着ぶりが窺われるとともに、杉山によって娯楽小説としてのSF的小説が提唱されたことを銘記しておきたい。ちなみに、引用文中にある「学者先生」は、おそらく坪内逍遥乃至《ないし》はその同調者を指している。

杉山は『午睡之夢』自序中でも〈人情話の書類を渉する人は何時となく度量狭小なるべく常に軍談戦記に眼を晒せるの人は自然度量濶大なるべし〉と述べている。これは、人情の機微を描く小説こそが（あるいはそれのみが）小説だと説く文芸思潮への意識的な批判の言葉だった。

第四章　啓蒙と発明のベル・エポック

『造化機論』から『人身体内政事記』へ

〈科学小説〉と呼ばれるものには、今日のＳＦに直結するような未来小説がある一方で、科学知識の普及を目指した啓蒙小説もあった。たとえば明治初期のベストセラーのひとつに『造化機論』という本がある。江戸後期の蘭学以来、「開化」的知識の先駆であった医学分野の啓蒙書だが、その実態は解剖図入りの性の通俗解説書という側面を持っており、科学的興味とは別種の関心から、広く読まれた節がある。

また、幕末から明治初期にかけて、日本では何度かコレラの大流行があり、伝染病に対抗するための衛生知識普及も急務とされていた。コレラとの戦いは、文字どおり命がけの戦いであったために、しばしば戦争のイメージで語られた。図説入りの衛生書では、薬は砲弾に譬えられ、予防は「黴菌軍」と「衛生軍」の戦いとして説かれた。こうした擬人化表現を用いた物語仕立ての〈科学小説〉は、啓蒙書であると同時にＳＦだともいえる。しかもこの手の作品は、啓蒙書としては失敗しているほうが、SF史的には「トンデモ本」的で面白いという、微妙な地点に立っている。

灘岡駒太郎『衛生鏡人身体内政事記』（豊盛堂、明治二十二）は、こうした微妙な本の典型である。この本は、人体組織を社会行政システムに譬え、擬人化（擬社会化）することで、読者に分かりやすく説明しようという意図を持って書かれた本である。今でも、こうした構成をとった科学啓蒙書は少なくない。食べ物が消化器官を通ってゆく様子を旅行に譬えてたどったり、食物連鎖や自然の循環を物語で説明したりするのは、児童向けの科学解説では、定番になっている。

こうした科学解説の物語化という伝統は、ヨーロッパではルネサンス期にはすでにみられたものだった。科学的な発見を詩に読み込んだり、合金の生成や薬剤の調合による化学反応の様子を、シンボリックな物語に仮託して示すというのは、当時の最先端知識（自然科学は、当時はまだ錬金術や神智学と境界があいまいだった）をいっそう貴重に見せ、神秘的なものとして特権化するのにも有用だった。

また物質の性質を理解したり、薬品の調合手順を記憶するためにも、物語は役立った。もっとも、そうした表現上の工夫が、かえって事実を誤認させる原因になることもあった。科学哲学者のガストン・バシュラールによると、デカルト時代には水に何かが溶けるという現象は、海綿が液体を吸い込むことを比喩として説明されるのが定番だったが、この比喩があまりに多用されたために、雲から雷が発生するとか、金属を溶かして合金を作った場合の性質まで海綿の比喩で表現しようとしたり、さらには海綿という物質がオカルト的な神秘の力を持っているかのように誤解される結果を招いたという。

どうも『人身体内政事記』には、そうした「トンデモ本」的傾向が見て取れる。

この本においても、「毒軍ノ暴行」に対して「薬兵ノ武勇」が強調されていたり、人体の各器官の働きが、近代国家の行政機構に譬えて解説されている。このような方法は、けっして珍しいものではない。だが、本書の示す人体器官の擬人化（擬社会組織化）は、なんとなくバランスが悪い。

『人身体内政事記』が示す〈体内諸器官〉と〈近代国家機構〉の照応関係では、「精神」が天皇に譬えられ、「脳脊髄」は体内惣理大臣、「神経中枢」は司法省、「神経感受作用」は逓信省、「血管神経」は内務省というように、神経系が特権的に強調されている。なかには「呼吸神経」が外務省などという分かりにくい譬えも出てくる。このほか、「造児局（生殖器）」という別枠の一章があり、「男帝造児局（男子生殖器）」「精虫太子ノ参宮（交接）」「女帝造児局」などについて説明されている。この

『人身体内政事記』挿絵〈内務技師土木工事ヲ働ク図（天然治療）〉

あたりは『造化機論』以来の「知的伝統」というべきなのだろうか。

それにしても『人身体内政事記』の譬えは迂遠すぎる。どう考えても、科学知識を分かりやすく説明・理解させるための書物という本来の目的からは、大きく逸脱している。「不随意筋」が「近衛兵」で、「骨靭帯」が「国民兵」という譬えは、一体どういうことなのかと、むしろ軍隊組織のあり方のほうに興味が向いてしまう。譬え話の物語に比重が行き過ぎて、科学的正確さも犠牲になっている。そうした意図せざる物語性の過剰の故に、この作品は単なる科学解説書ではなくSFになっているのだ。

むしろ、人体と政治を対比しながら、比喩的に捉えた事例としては、伊藤博文が憲法制定準備のためにドイツのシュタインに学んだ際、作成した人体的政治機構図のほうが、ずっと科学的合理性があるように思える。伊藤は、天皇を頂点(脳神経)、内閣を心臓とし、各省庁を手足の如く配した中央集権的行政システムを、人体システムに沿って構想・理解したのだった。天皇を国家の最高機関と見做す天皇機関説(最高機関である一方、絶対的なものではないという限定を含む)は、実は明治憲法制定時からの常識だったのだが、国家機構自体が有機的構造を持つこともまた、当初から夢見られていたのである。思えば明治の国家構想自体が、多分にSF的なものだった。

科学詩・科学物語を賛美した人々

「科学する心」というのは昭和戦前期の標語だが、科学への憧憬の強さという点では、明治前期の啓蒙時代のほうが、ずっと強かったように思う。それは詩歌の世界にまであふれていた。たとえば明治十五（一八八二）年に出版された『新体詩抄』には、外山正一による次のような作品も収められている。

〈宇宙の事は彼是の／別を論ぜず諸共に／規律のなきは有らぬかし／天に隠れる日月や／微かに見ゆる風とても／動くは共に引力と／云へる力のある故ぞ／其引力の働きは／又定まれる法ありて／独りに引ける者ならず〉

この詩について、学匠詩人・日夏耿之介は〈今日見れば滑稽な感じしか与へないが、当時は粗雑な中に多少の新鮮味だけは感じられたので、それはそれ迄に歌はない社会学という学問の概念を説明するのに、当時としては比較的やさしく俗語調に近い言葉を使ったからに他ならぬ〉（『日本近代詩崖見』）と評価している。

夏目漱石の『吾輩は猫である』には、苦沙彌先生が「巨人引力」という引力を擬人化した新体詩を草する場面がある。これは初期の日本近代詩壇を諷したのか、それとも英国で見知った「科学詩」を真似たものか、微妙なところだ。というのも科学詩は、欧米では何ら不思議なものではなく、十九世紀の科学書には、科学者自身の作品あるいは詩人から寄せられた詩が付されている例は少なくなかった。漱石の『文学論』第三編には科学詩への言及がある。ちなみに、科学詩の伝統は今でも生きているらしく、時々、一般向けの科学解説書などに詩が付けられているのが見受けられる。

ゲーテもある時、地質学を題材にしたイギリスの詩（ジョン・スカーフ『石炭王の接見』）を話題にし、それを即興で物語風に翻訳して、友人たちに披露している。それは石炭王を主人公にしたもので、その側には黄銅鉱王妃がひかえ、花崗岩公爵、石盤石侯爵、斑岩伯爵夫人など、多くの鉱物がそれぞれにふさわしい称号や性格で擬人化されていた。

〈「こういう詩は、」とゲーテはいった。「世間の人びとをたのしませるよう十分に計算されているね。それと同時に、本来だれにとってもなくてはならない有益な知識をたくさん普及してくれる。そのおかげで、上流階級の中に科学に対する趣味が起る。こんな冗談半分の雑談のようなものから、やがてどれほど多くの良いものが生まれてくるものか、だれもわかっていない。多くの聡明な人たちは、たぶん、身辺を自分で観察するようになるだろう」〉（エッカーマン『ゲーテとの対話　下』、山下肇訳）

理学博士・戦々道士著『化学者の夢』（明治三十九）は、おそらくゲーテなら面白がったかもしれない作品だ。ある時、話者は不思議な世界に迷い込むが、そこは「元素」たちが暮らす世界。たとえば黒い喪服の老婦人は〈この人こそ夥《おびただ》しき眷属の母として敬ひ貴まるる炭素未亡人なれる（中略）未亡人が亡き良人の冥福を祈らんと手にて爪繰《つまぐ》る金剛石の数珠玉は、室内の電機灯に輝きて……〉といった具合。また〈身には銀色の衣服をつけ、容貌白く、立ち居振舞活発に、室内を左右縦横に駆け廻り、頻りに周旋の労を執る者、これぞ水銀〉といった記述もある。これは、ダイヤモンドは炭素でできているとか、水銀は白粉の原料だったということを知っていれば、擬人化なのだ、と確かに分かる。しかし元素の特性を知らない人が、この本で勉強しようとしても、かえって混乱するだけなのではないだろうか。

ちなみに著者の戦々道士は、本名・久原躬弦といい、帝国大学教授、第一高等学校校長などを歴任し、明治期の理学界をリードした化学者だった。だからこれが真面目な目的で書かれた「善意の著書」であったことは間違いない。

加藤弘之——恒星間移民を示唆した明治の法学者

科学的な夢想を語ったのは自然科学者ばかりではない。明治期には社会科学の分野でも、過激なまでにとっぴな想像力を発揮した学者がいた。法学者の加藤弘之である。

加藤は天保七（一八三六）年に出石藩士の家に生まれ、佐久間象山門下に学び、幕府の蕃書調所に出仕、幕臣となった。慶応三（一八六八）年に「鄰艸《となりぐさ》」を著し、日本に逸早く立憲政体を紹介したのも彼だった。幕府瓦解の折には江戸城に立て籠もると唱え、「自分はそんな義理はない」と言い切った福澤諭吉を裏切り者呼ばわりした逸話は有名だ。だが福澤はその後、請われても新政府に出仕しなかったのに対して、加藤は直ぐに新政府に仕えている。

維新後、加藤は『立憲政体略』『真政大意』『国体新論』などを著して、天賦人権説を広めた。しかし明治十五（一八八二）年になると、ダーウィンの進化論、スペンサーの社会進化説を全面的に受け入れて、それまでの自著をすべて絶版にしたうえ、『人権新説』を著した。この『人権新説』に矢野龍溪が反論を加えたことについては、すでに民権小説の展開に関連して先に述べたとおりだ。

加藤は東大総理、総長を経て、やがて貴族院議員、枢密顧問官、帝国学士院長などを歴任することになる。だからといって彼が栄達のために自説を曲げて国家に奉仕したということにはならない。彼は本心から、優勝劣敗の国家間競争に勝ち抜くためには、「自由」だの「民権」だのと甘いことを言っている場合ではなく、中央集権的な帝国主義体制をとって国力を総動員することが必要だと信じるに至ったのかもしれない。

加藤弘之には『二百年後の吾人』(明治二十七)という未来予測書があるが、そのなかで加藤はまず、人類の歴史は闘争の歴史であり、優勝劣敗は動物界から人間界にまで共通する自然的法則だとする。その上で加藤は、日本人は優勝劣敗の競争に勝ち残らねばならないと主張した。彼のいう「戦い」は、今現在の欧米列強との競争だけにとどまるものではなかった。彼は未来の競争、未来社会で危惧される危機にも、思いを馳せている。たとえば次の一文は、エネルギー危機に関する考察だが、十九世紀の日本で、代替エネルギーについて真剣に考えていた学者(しかも科学者ではなくて法学者)がいたかと思うと、愉快だ。

〈石炭は地層発達の第一代石炭紀の遺物にして後代更に新に生ずべきものにあらざれば決して無尽蔵と称すべからず(中略)石炭の欠乏するに至るときは山岳より洋海に注入する流水、海浪、瀑布、気流若《も》しくは太陽熱等を利用し、熱力を起して石炭に代用するの術を得るの望みありとの説あり。将来、物理学化学の進歩によりて遂に能く此《この》偉業をなすに至らば吾人の幸福此上はあらざるべし〉

さらに食糧問題も心配している。農産物の生産向上は既に限界だと危惧し、水産資源の養殖などによる増産に〈無尽蔵的に増殖する人口を養ふに足らざるは勿論なれども、併し陸産食料の欠乏を補ふことは決して少からざるべしと思はる〉と、切実な期待を寄せている。さらに住宅問題も心配し、〈大洋海中に住居の出来得べきことにあらされば是亦限りあるは勿論なれども併し幾分か陸上住地の欠乏を補ふの効なきに非さるべし〉と述べている。

しかしなんといってもすごいのは、やがて太陽系の寿命が尽き、地球という惑星の寿命が尽きてしまうという遥か未来の可能性まで、気にしていることだ。加藤によると〈千万年か若くは二千万年の後に至り、天文－物理的に（地球が）滅亡に帰すべしとの学説に至りては明々白々敢えて疑うべからざるもの〉だという。では、人類はどうなるのか。

〈此地球の滅亡より数億万年の後にも他の或る天体には必ず生ずべきことなるべければ、この地球の人類即ち吾人が今より千七百万年乃至二千万年の後若くは更に早く全く滅亡に帰することあるも吾が同胞は此宇宙間何《いず》れの天体に乎、必ず生存して永遠全く滅亡するの期はあらざるべしと思はるるなり〉

加藤は、人類（特に己が同胞である日本人）の二千万年後の生き残りについて心配している。そして彼は、日本人が生き残るためには、母なる地球を捨てて恒星間移住を目指すべきだ、とする。ここに至って、私は加藤の「本気」を信じざるを得ない。地球滅亡の先まで人類の生き残りを心配する加藤にとって、幕府滅亡の危機に城に立て籠もるのは「本気」の発想だったのだろう。そしてその幕府が滅亡してしまえば、急いで新政府に乗り換えて生き残りを図るのも、当然の「努力」だっただろう。日本人が欧米列強に互して生き残っていくための闘争もまた、彼にとっては切実だった。その危機を乗り越えるためには、変節といわれようとも、強者の側に立つための努力を欠くことはできない……。それは加藤が本気で信じた人の「自然」だった。ちなみに加藤は自分の学説の骨子を次のような狂歌で表現している。

自然てふ人形遣ひにつかはれて
　良くも悪しくもなるぞはかなき

村井弦斎――発明と恋愛による社会改良

加藤弘之が優勝劣敗を人類進歩の必然的事象と考えたのに対して、文明の進歩はそのまま人類の道徳的向上にもつながると信じた作家もいた。村井弦斎（本名・寛）である。

弦斎は文久三（一八六四）年の生まれで、東京外国語学校魯語科に学んだが、体調を崩したために中退。その後、サンフランシスコに留学した。この時は、英語が不案内だったためにロシア人の家庭に住み込んだという。この米国時代に、ちょうど欧州から帰国する途中の矢野龍溪の知遇を得たといわれている。帰国後は「郵便報知新聞」の非正規記者となり、記事や小説を書くようになった。

弦斎の初期作品「加利保留尼亜《カリフオルニア》」（「日本之時事」明治二十一年四月二十五日〜八月十五日）は、貧しい学生が苦学の末に渡米し、理想の天地を切り開くというユートピア小説だったが、この校閲を須藤南翠が務めていた。この龍溪―南翠―弦斎というラインは、単に新聞社内の人事としてだけでなく、明治中期のSF思潮の中核をなす人脈だった。弦斎は明治二十三（一八九〇）年に「郵便報知新聞」の正社員となった。同紙は立憲改進党の機関紙だったが、議会開設が成ったことで、今後は党利に偏らずに公正な運営を行うと広告している。龍溪が社務を監督し、森田思軒が編集責任者となっていた。森田思軒はヴェルヌの『十五少年』やユゴーの翻訳などで知られ、当時の言文一致運動にも大きく貢献していた。そんな思軒の下で、弦斎はまもなく、遅塚麗水、原抱一庵、村上浪六と共に「報知の四天王」と称されるようになった。

弦斎は歴史小説や伝記小説なども含めて数多くの小説を書いたが、いずれの作品でも自分なりの社会理想を込めようとしており、ＳＦ的な志向を強く持っていた。そうした弦斎作品の特徴を一言で表現すると、「発明」であり「恋愛」だった（一言になってしまったが）。

たとえば『町医者』（明治三十一）は、ある若い女性の顔の痣を治すために研究にいそしむ貧乏青年医師を主人公にしている。彼は彼女を、たとえ顔に痣があっても心根が美しい女性として愛している。だから単純に考えればふたりのあいだに障害はない（男の貧乏を除けば）。しかし彼は、彼女の気持ちを晴らすために痣を治したいと苦心し、その治療法の開発を通して経済的な成功にも近づいてゆくのだった。また『芙蓉峰』（明治三十）は、恋人を驚かせるために、発電事業の延長で富士山頂に巨大サーチライトを据え、東京を照ら

『芙蓉峰』挿絵（美女と富士山サーチライトの図）

すという物語である。

弦斎作品には軍事的な発明は殆んど登場しない。それが弦斎SFの特徴である。日ロ間の緊張を主題とした『桑之弓』（明治三十一）でも、シベリアに日本とロシアの緩衝地帯となるような独立国を築くというアイディアを提示している。もちろん現実にはシベリアはロシア領であり、そこに新国家を築くという発想はロシア側から見れば侵略と何等変わらないものだが、弦斎はこれを恋愛によって達成するという物語を描いた。主人公は当初、ロシアに渡って革命派を支援することでその国力を削ごうとするのだが、やがて日本人とロシア人の結婚を進めることを目指すようになる。そして両国民の混血が進み、両国を愛する子供たちのために「緩衝地帯」が設けられ、戦闘ではなく愛情によって侵略への備えがなされることになるのだった。

ところで『桑之弓』には、東京外国語学校魯語科時代の弦斎の思い出が投影されているのではないだろうか。『桑之弓』の主人公はロシア語を学んだのだが、父は彼に向かって「お前にロシア語を学ばせたのは、日本だけでなく周辺諸国にも脅威であるロシアに対抗させるためだ」と語る。これは現実に二葉亭四迷がロシア語を学んだ動機と同じものだった。四迷は魯語科では弦斎の先輩に当たる。こうした危機・国防意識は弦斎世代の青年にはある程度共有されていたものらしい。さらに余談をいえば、四迷が学生だった頃、日本人女性とロシア男性の結婚を進めて、その子供を「日本人の母」が教育することで親日家を増やそうという「股座計画」を友人と語り合ったと述べている。この発想もまた魯語科学生たちのあいだでは、以前から語られていたのかもしれない。

さまざまな発明や奇想を語る弦斎作品だが、その規模からしても圧巻なのは、明治二十九年七月八日から三十四年四月二十一日という長期にわたって「報知新聞」に連載された大巨編『日の出島』だ。その粗筋はというと、巨万の富を相続したふたりの富豪が互いにどちらが世の中の役に立つかを競おうと、それぞれ発明協会を設立して、有能な研究家を援助するという物語で、みんなが努力と協力の競い合いを繰り広げるうちに、すばらしい発明が次々と生まれ、社会は良くなり、人々は精神的にも向上していくという、まことにおめでたいユートピア小説である。太陽エネルギーで動く船や、戦争人気を当て込んだ「軍艦染め」などの実用商業アイディアが百出するこの作品は、これといった筋はないものの、話題は豊富で、科学・発明ばかりでなく、経済、政治、教育、文学から結婚・恋愛など、幅広いテーマが扱われていて、今読んでもなかなか面白い。

『日の出島』にはユーモラスな場面も多いのだが、私がいちばん好きなのは、財界人が料亭で酒を酌み交わしながら「芸者を呼ぶなんてもう古い」といって科学者を呼び、化学実験を見せてもらって盛り上がるというエピソードだ。科学者の実験が見たいなら、そもそも会合を料亭で開く必要はなく、弦斎の感覚はちょっとズレているとは思うものの、しかし未だに料亭やクラブに出入りして喜んでいる政治家や事業家よりは、ずっといいズレ方だと思う。

驚いたことに、当時この小説は大いに受けたらしい。『日の出島』が「報知新聞」に連載されていた期間に、「読売新聞」には尾崎紅葉が『金色夜叉』『多情多恨』などを連載していたが、両者の人気は伯仲していたという。健全で前向きな弦斎の小説は、特に教育者のあいだで人気が高く、「尾崎紅葉の『多情多恨』を一遍読み下すよりは、『日の出島』を三回読む」（「女学雑誌」明治三十年十二月号）という意見が出たほどだった。

『食道楽』も社会進歩のため

だが、何といっても弦斎人気の頂点は『食道楽』だった。『食道楽』は、名前だけ聞くとグルメ案内のようだが、れっきとした小説だ。

弦斎は明治三十年代に入ると、〈百道楽〉シリーズを構想。『食道楽』はそのひとつだった。〈百道楽〉シリーズは、さまざまな道楽をテーマに、それが個人の生活や社会のあり方にどのような影響を与えているのかを小説仕立てで描くという壮大な試みだった。あるいはバルザックの『人間喜劇』シリーズを意識したものだったのかもしれない。

『食道楽』は、料理についての該博なる知識と腕前を持つ中川兄妹を中心に、その妹に好意を抱く大原青年、進歩的な広川子爵とその妹などが登場、例によってラブ・ロマンス含みのユーモラスな話運びのうちに食生活の改良が説かれ、ひいては家庭生活全体のよりよいあり方、教育のあり方、食育などについて論じたものだった。

この作品は春・夏・秋・冬の四巻から成り、後には増補巻も出た大著だが、小説仕立てのうちに、和・洋・中華の料理百般はもとより、病人食や小児食、老人食の具体的な作り方などの実用的な知識（レシピ）もふんだんに盛り込まれていた。それどころか、台所道具の説明から衛生設備、食材となる野菜の育て方、汁をこぼした際の洗い方までが書かれている。そうした細事を書き込みながら、ともかく小説としても面白くなっているのだから、弦斎はやはり只者ではない。

弦斎の小説は、それまでも良く売れていたが、『食道楽』は記録的なベストセラーとなった。その評判の高さを、意外な作家が記録している。夏目漱石である。漱石は『琴のそら音』のなかに、次のような場面を書いている。

〈白暖簾の懸つた坐敷の入口に腰を掛けて、先つきから手垢のついた薄つぺらな本を見て居た松さんが急に大きな声を出して面白い事がかいてあらあ、よつぽど面白いと一人で笑ひ出す。

「何だい小説か、食道楽ぢやねえか」と源さんが聞くと松さんはさうよさうよさうかも知れねえと上表紙を見る。〉

面白い本といったら『食道楽』。その評判は、漱石が皮肉交じりに自作に書き込みたくなるほど高かったのである。

ところで、これがなぜSFなのかというと、やはり社会改良の小説だからだ。弦斎は発明による合理的で衛生的な生活向上と、向上心を持ち自立した男女が恋愛（責任ある自由意志）に基づく結婚を果たし、相互に尊敬しあう対等な関係を基礎として新家庭を築いていくことが、民権や国権の拡張でも達成できない真のユートピア建設への近道であり、着実な方法だと考えていた。『食道楽』のSF的価値は、その楽観主義的な真剣さにあると私は考えている。

ところで弦斎は、現実の発明とも無縁というわけではなかった。弦斎は若い頃、小平浪平という少年の家庭教師を務めたことがあった。浪平少年は弦斎を尊敬していて、東京帝国大学に進んでからも、しばしば弦斎のもとを訪れた。彼は工学を修めるつもりだったが、そのなかで造船、機械、電気などのうち、どの分野を専攻すべきかで迷い、弦斎に相談している。すると弦斎は、将来の気運及び国家の発展のために、電気工業の充実が重要だと説いた。これによって小平は電気工学科に進み、卒業後は久原房之助が経営する日立鉱山に就職した。やがて小平は国産初のモーターを製作、独立して日立製作所を起こした。後年、弦斎は小平に招かれて日立鉱山を見学して「この見聞を役立てて小説を書く」と満足気だったという。

晩年、弦斎は動脈瘤で倒れたが「この病気を克服して、人々に闘病記を読んでもらうのだ」と苦しいなかで詳細な日記を書き続けた。だが、病は癒えず、昭和二(一九二七)年七月三十日、不帰の客となった。

科学小説・冒険小説好きだった幸田露伴

村井弦斎は科学の進歩に、まっすぐな希望を抱いていたが、同時代作家のなかでは幸田露伴が、科学の進歩を積極的に主題としながら、同時に科学を理解しない世相への批判もこめた作品を書いている。

露伴の『ねじくり博士』は、明治二十三(一八九〇)年四月八日から四月二十日にかけて「読売新聞」に連載されたオムニバス作品『日ぐらし物語』中の一篇だが、偏屈な科学者が取材にやってきた新聞記者を相手に〈宇宙は螺旋くれている〉という独自の宇宙論を展開して煙に巻く話だ。この作品には現代日本SFを特徴づけているホラ話への傾斜、ユーモラスな風刺精神があふれているが、露伴はことのほか「冒険」や「科学」が好きな作家だった。

明治二十五年には露伴・瀧沢羅文訳「宝窟奇譚」（「国会」八月十一日〜八月十七日）が出ているが、これはハガードの『ソロモン王の洞窟』の翻訳である。ハガード作品は既に明治二十一年に紅葉舎にしき訳「文明怪談 堀氏自筆 不可思議」（「みやこ新聞」十一月十六日〜十二月三十日）で移入されていたが、露伴訳も最初期翻訳のひとつだ。ちなみに露伴・羅文訳「宝窟奇譚」は明治三十年の「文藝倶楽部」七月号にも掲載されている。その前後のハガード作品翻訳に次のようなものがある。

『大探険』口絵

宮井安吉訳『大宝窟』（博文館、明治二十七年五月）
菊池幽芳訳『大探険』（駸々堂、明治三十年二月）
菊池幽芳訳「探検家亜蘭」（「大阪毎日新聞」明治三十年四月二十日〜八月七日）
露伴・瀧沢羅文訳「宝窟奇譚」（「文藝倶楽部」明治三十年七月号）

露伴はその後も科学小説、冒険小説を書き続けた。『弓太郎』（明治二十三）はヒロイックファンタジーそのものだし、「滑稽御手製未来記」（「実業少年」明治四十四年一月号〜十二月号）や「小説 共食会社」（「実業少年」明治四十五年一月号）のような発明小説も書いている。

「滑稽御手製未来記」（のちに「番茶会談」と改題）は、将来、立派な実業家になることを夢見ている少年たちがグループを組んで読書会・情報交換会を催していたが、やがて自分たちだけで話をしていても知識が広がらないことに気付き、近所の老人から色々な話を聞かせてもらうという設定で展開する。本書の眼目となっているのは、その老人が語る未来社会の予想で、「実業少年」という掲載誌に配慮して、平易に、かつ近未来に可能性の高い発明や制度改革を提案している。たとえば電力を電線で送電するのではなく、電波に変換して無線で送電できれば未来はどう変わるだろうか、という提案。あるいはエレベータで動くプラットホーム（つまり、動く歩道）、単軌鉄道（モノレール）、排気ガスを出さない電気自動車などのアイディアも提示されている。こうした発明のほかに、日曜も営業する「常灯銀行」ができると商業界全体が刺激されてますます発展するとか、保険会社と警備保障会社が提携して新しい盗難保険を設けたらどうかなど、商売のアイディアも豊富に語られている。

元々、露伴は電信修技学校を卒業し、中央電信局に勤務したこともある技術者出身の作家だったから、電気関係のアイディアが鋭いのは納得だが、商売の工夫もなかなかで、露伴が本気を出したならば実業家としても成功したのではないかと思えるほどだ。

思えば露伴の『五重塔』（明治二十四〜二十五）は、塔建設をめぐる技術者たちの戦いを描いた作品だった。天を目指して屹立する塔は、いうまでもなく技術による自然の克服、進歩の象徴であろう。あるいはこの作品テーマには、一八八九（明治二十二）年のパリ万博時に建設されたエッフェル塔の評判が影響を与えていたのではないか、とも考えられる。また『一国の首都』（明治三十三）では、幼稚園の増設、道路や下水道の整備、公園の充実など、近代的都市としての東京の未来図を縦横に論じているが、そこには「今現在」を否定して、「あるべきはずの、もうひとつの世界」を希求する思考がはたらいている。それは、あらゆる場面に「もしも……」という仮定を持ち込んで相対化するＳＦ的な「ｉｆ《イフ》の精神」にも通底するものだった。

第五章

新世紀前後——未来戦記と滅亡テーマ

対ロシア未来戦記の系譜

明治初頭のＳＦ的作品の特徴を形容するキィワードが「進歩と世界の広がり」、十年代が「民権ユートピア」、二十年代が「国権的冒険」そして「発明小説」だったとすれば、十九世紀から二十世紀への変わり目を含む明治三十年代を特徴づけるのは「未来戦争」であり、「世界の滅亡」だった。

戦争小説というと、ふつうは戦時中あるいは戦後の回想として書かれた戦記文学がイメージされる。だが、ＳＦ的な戦争小説は戦時下に書かれるとは限らない。むしろ現実の戦争が始まる前に、戦争の可否を含めて、来るべき（あるいは、避けるべき）戦争を描くことが、ＳＦの役目だろう。

日本では、幕末の『西征快心編』以来、英・米・独・露などの欧米列強を向こうにまわしての架空戦記が、数多く書かれてきた。また日清戦争（明治二十八）に先行して、尾崎行雄が日清両国の戦争を匂わせた『新日本』（明治十九、未完）を書いたことは、第二章で見たとおりであり、開戦後、架空の戦況予測を含んだ徳富蘆花「日清戦争夢物語」（「国民新聞」明治二十七年九月十一日～九月十四日）、服部撫松『支那未来記』（明治二十八年三月）、原抱一庵「夢幻弾丸」（「東京日日新聞」明治二十八年四月二十三日～四月三十日）なども書かれている。

しかし明治期に書かれた未来戦記で、最大の「仮想敵国」とされていたのはロシアだった。特に日清戦争後、三国干渉や南下政策への反発から、対ロシア戦争が国民に広く意識されるようになると、対露未来戦記もいちだんと数を増した。なかでも比較的早い時期に書かれた作品に、次のようなものがある。

「世界将来之海王」露国海軍士官某著、内田成道訳（「水交社記事」明治二十九年五月号付録↓同年六月、春陽堂より刊行）

「東洋の大波瀾」J・モリス著、大町桂月訳（「太陽」明治三十一年五月二十日～八月五日↓『東洋之大波瀾日露戦争未来記』と改題して同年九月、博文館より刊行）

『桑之弓』村井弦斎（春陽堂、明治三十一年九月）

「日露戦争未来の夢西伯刺亜鉄道」G・サマロフ著、中内蝶二訳（「太陽」明治三十三年一月～六月）

『軍事小説東洋の大波瀾』無名氏（兵事雑誌社、明治三十三年五月）

「日魯海戦未来記」海軍大尉○□生（「太陽」明治三十三年十一月増刊号）

『壮絶快絶日露戦争未来記』不二山人（法令館雑誌部、明治三十三年十一月）

この時期に書かれた日露戦争未来記には、日本が敗れる未来を予測したものが少なくない。

ロシア側で書かれた作品の翻訳・翻案ばかりでなく、日本人の作品にも、こうした傾向が見られる。

明治三十五年一月に刊行された平田仙骨著『帝国海軍之危機』もそのひとつだ。この作中の「日露戦争」では、短期での戦争終結を目論む日本海軍が緒戦で大連湾を攻撃し、ロシアの東洋艦隊との決戦を試みるが、ほぼ刺し違えに終わり、戦線は膠着状態に陥る。陸軍も旅順を攻めあぐねて長期戦を強いられる。そんななか、ロシアのバルチック艦隊がシンガポール沖を通過したとの情報がもたらされる。これを迎え撃つべく出動した日本艦隊は、山東半島沖でバルチック艦隊と東洋艦隊の挟み撃ちに合い、逆に全滅させられる。この結果、日本の海岸線はロシア艦隊の蹂躙するところとなり、戦争は日本の敗北に終わる――というものである。

もちろんこの小説は、日本の敗戦予測を喜んで描いているわけではない。著者の意図は〈嗚《あ》呼《あ》日本艦隊の敗績は戦者の罪にあらずして即ち為戦者の罪たる也〉〈臥薪嘗胆、今より鋭意海軍拡張に従事し彼に対し優勢の位置を占むるに及で断行すべし〉といった主張にあって、いずれ避けられないであろう対ロシア戦争の備えとして、海軍増強への予算措置（そのためには増税も必要）を説いているのである。ようするに広義の軍事宣伝小説といえる。

羽川六郎の失地回復運動

日露戦争勃発の三ヶ月前に出版された東海散士著『日露戦争羽川六郎』（有朋堂、明治三十六年十一月）は、数ある架空戦争小説のなかでも傑出した作品だ。東海散士（柴四朗）は『佳人之奇遇』（明治十八）で知られる作家・民権思想家であり、政界でも活躍して明治三十一（一八九八）年には農商務次官を務めたこともある人物だ。

『羽川六郎』は日露戦争を二つの側面から描き出している。ひとつは日本国内の経済情勢や世論、更には国際社会の力学をも踏まえたグローバルな視点からの同時代史としての「日露（未来）戦争」。もうひとつは主人公である羽川六郎の一家三代にまつわる「樺太奪還物語」だ。

旧会津藩士である羽川家と樺太の関わりは、六郎の祖父の時代まで遡る。現実に文化三（一八〇六）年九月、ロシアの艦船が樺太を砲撃する事件が起きているが、この小説では六郎の祖父は〈文化年間露西亜人の唐太（樺太）を侵略せし時、一隊の長として彼地なる『クシンコタン』に渡り、防備の運営に力を尽す折節、風土病に冒されて歿した〉という設定になっている。つまり六郎にとって、樺太は祖父の墳墓の地なのである。さらに六郎の父・羽川東は、戊辰戦争で佐幕派に属して、榎本武揚に従って函館（箱館）まで来る。さらに榎本が薩長軍に下ると、彼は少数の有志らと共に樺太に新天地を求めた。作中、その経緯は〈函館に於て事破れぬる上は、奥蝦夷へ入り、奥蝦夷に於て猶志業覚束《おぼつか》なくば、満洲に渡り、源九郎の故智を襲ひ候も、亦甚だ面白かるべき旨頻りに論争致候へども、榎本を始め、衆議相同ぜず、因て拙者等のみにて其意を果すべく決心致し、同志合して五十三人、暗夜に乗じて函館を出走致し、千辛万苦を重ねて丸木舟に打乗り、蝦夷人を監励して遂に唐太島に渡り申候〉と語られている。

つまり、羽川東の樺太渡りの背景に、義経の蝦夷入り伝説があったという設定になっているのだ。こうした偽史が明治前期に大衆的人気を集めていたことは、既に述べた。「そこはかつて日本人の土地だった」あるいは「彼らとわれわれには同じ血が流れている」という伝説に基づく架空の失地回復請求は、侵略ではない大陸進出という自己正当化の根拠を、日本人に物語的に植えつけていた。

ところで現実の樺太をめぐっては、十九世紀前半にはほぼ日本の領有権が認められていたにもかかわらず、幕末に樺太・千島諸島を日露両国の共有地とされ、さらに明治八（一八七五）年の樺太・千島交換条約によって、国力の弱い日本は樺太の領有権を放棄することになった。これが羽川六郎の「臥薪嘗胆」だった。臥薪嘗胆という語は、日清戦争後に三国干渉で山東半島を清国に返還させられて以来、国民の合言葉になっていたが、羽川六郎のそれは、もっと根深い歴史的悲願として設定されているのだ。

飛行機と国際連盟――『羽川六郎』の予言

『羽川六郎』中では、日露戦争は現実のそれより数ヶ月早くはじまり、欧州ではドイツとフランスが親ロシアの態度を取る。特にドイツは艦隊を東洋に派遣し、日本に干渉する構えを見せる。当時、日本はイギリスと同盟を結び、ロシアはフランスと同盟していた。もし日露二国間の戦争に第三国が参戦すれば、同盟国にも参戦する義務があり、日露戦争は世界大戦の引き金となる可能性があった。

日本軍は膠着状態を脱するために、羽川六郎が開発した新兵器「飛行機」を投入、空から大連のロシア陣地を攻撃し、砲台の破壊に成功する。その後の総攻撃によって大連湾を完全に占領した日本軍は、海戦でも勝利。ドイツは日本側有利と見て態度を変更し、厳正中立を表明する。さらに飛行機の活躍で要塞都市・旅順の全貌を把握した日本軍はこれを陥落させ、日本の勝利が国際社会で認定された。

ちなみに、この小説が書かれた時点ではまだ飛行機は現実のものとはなっていない。ライト兄弟が初飛行に成功するのは一九〇三年十二月七日で、現実の日露戦争が始まる直前のことだった。つまり実際の日露戦争開戦時には飛行機は実在したが、小説『羽川六郎』では、まだ存在しない飛行機が新兵器として描かれているのだ。

もっとも「飛行機」の実現は、有識者のあいだでは時間の問題とされていた。この小説の真価は、飛行機を登場させたこと以上に、戦争終結の講和工作は戦闘と同じくらい重要であり、それを有利に運ぶためには国際世論の動向が大きく影響するという視点が、あたかも歴史ノンフィクションのような緊迫感あふれる筆致で描かれている点にあった。

特に優れているのは、戦後処理をめぐる国際会議への想像力だ。現実の日露戦争はアメリカのルーズベルト大統領の仲介で講和が成立するが、『羽川六郎』ではアメリカとイギリスが中心となって列国会議が開催され、講和条約が締結されるという筋立てになっている。

さらに、日露戦争が両陣営の同盟国を巻き込んで拡大すれば「世界大戦」になりかねなかったという反省から、日英米が呼びかけて東京で列国平和会議が開催され、軍縮ならびに後進国への経済援助を決定するまでが描かれる。この列国平和会議は定期的に開催されることも決まる。いわばこの小説は、国際連盟構想を提唱するものでもあった。

押川春浪『海底軍艦』、その後の進路

冒険小説界をリードすることになる押川春浪が『海島冒険奇譚海底軍艦』を文武堂から刊行して本格的にデビューしたのは明治三十三（一九〇〇）年十一月のことだった。

『海底軍艦』の粗筋は、次のようなものだ。主人公の柳川竜太郎は世界漫遊を終えて日本に帰国する途中、インド洋で海賊船に襲われる。柳川は船内で知り合った日出男少年を助けて無人島に流れ着くが、そこには帝国海軍士官の服装をした桜木大佐以下の人々がいた。彼らは日本国籍を離脱して、この無人島の地下に秘密造船所を作り、新兵器・海底軍艦（今日でいう潜水艦）を建造していたのだった。この海底軍艦・電光艇は未来的な流線型のフォルムを有し、鉄艦の装甲をも破壊するドリル（敵艦衝破器）や新式並列旋廻水雷発射機などの新兵器を備えているほか、特殊な薬品を燃料とする新発明の動力装置で動くという秘密兵器だった。このあたり、春浪はかなり機械技術に関するマニアックな記述をしており、「日本ＳＦの祖」と呼ばれるだけのことはあると感心させられる。彼らは無人島を国際法に則って正式な日本領と宣言し「朝日島」と命名、さらに幾多の苦難を乗り越えながら海底軍艦を完成させる。そして、日本軍艦「日の出」と共に海賊船団を壊滅させると、日本への帰途に就いたのだった……。

『海底軍艦』は南進論系の冒険小説であり、ヴェルヌの『海底二万リーグ』や矢野龍溪『浮城物語』などの影響を受けながらも、さらにエンターテインメントとしての洗練度を高めた作品だった。世の中は次第に対ロシア戦争（北進論）に動いていたが、春浪作品は多くの読者をひ

きつけ、ベストセラーとなった。後に春浪は、この小説は三ヶ月間で書いたものだと述べている。だが、「海国少年」明治三十一年一月号に、怪雲山人「神出鬼没海底軍艦」という作品が載っており、これは春浪自身による習作だったと推定されている。本格的に執筆されたのは明治三十三年だったのかもしれないが、『海底軍艦』の腹案は数年前には着想され、一部は執筆されてもいた。だが、この作品が完成形で世に出るには、明治三十三年を待たねばならなかった。

『海底軍艦』口絵〈夜の怪と冒険鉄車〉

そういえば、かつて石川喬司は次のように述べていた。〈泉鏡花の幻想回帰小説「高野聖」が「海底軍艦」と同じ年（明治三十三年）に発表されているのは、偶然の一致とはいえ、暗示的である。現代SFを〝S（サイエンス）派〟と〝F（ファンタジイ）派〟に大別するとすれば（実際は、両者を止揚した「スペキュレイティヴ・フィクション」が現代SFの正体なのだが）、前者はF派の、後者はS派の、それぞれ明治期における最大の収穫だからである〉（「日本SF小史」、「國文學」昭和五十年三月臨時増刊号）と。S派にせよF派にせよ、こうした作品を受け入れる態勢が準備されたのが、この時期だったといえるだろう。ちなみに夏目漱石は「倫敦塔」（明治三十七）、「一夜」（同）などによって、当初、鏡花とならぶ幻想小説家と見做されていた。また『吾輩は猫である』（同）を指してSF的擬人小説とする見方もあり得る。

閑話休題。『海底軍艦』は単独の作品として書かれたものだが、売れ行きがよく、書肆の求めもあってシリーズ化された。第二作以下は次のとおりだ。

『英雄小説武侠の日本』（文武堂、明治三十五年十二月）
『海国冒険奇譚新造軍艦』（文武堂、明治三十七年一月）
『戦時英雄小説武侠艦隊』（文武堂、明治三十七年九月）
『英雄小説新日本島』（文武堂、明治三十九年六月）
『英雄小説東洋武侠団』（文武堂、明治四十年十二月）

このシリーズは、次のように展開する。海賊船団を全滅させた「日の出」と「電光艇」が日本へ向けて航行していると、日本の国力増進を妬むロシアの水雷艇の奇襲を受け、「日の出」は沈没させられてしまう。桜木大佐はロシアへの復讐を誓うが、事件が明るみに出ることでかえって日本が窮地に立たされることを懸念し、再び地下にもぐる。やがて柳川竜太郎の実兄で空中軍艦の発明者である一条文武を仲間とし、フィリピン独立派のアギナルド将軍らとも協力関係を結んで、朝日島を拠点に活動を開始する。

やがて桜木大佐率いる「武侠団体」のほかに、失踪した軍艦「畝傍」の船員たちが組織した結社「東洋団結」も登場。彼らは白人の支配からアジアを解放するための民族闘争を助けようとしていた。こうした有志たちが、次第に協力関係を結び、アジアの目覚めを促す。

さらに『新日本島』では老英雄閣下（西郷隆盛）まで登場。西郷は西南戦争では死なず、秘かにフィリピンに渡って独立運動を助けていたのだが、米国の奸計に陥って捕らえられ、ロシアに引き渡されてシベリアに幽閉されていたのだった（この筋運びには、南進小説を時局にあわせて北進の物語にした経緯がうかがわれる）。「武俠団体」や「東洋団結」の有志たちは、それぞれに西郷と連絡を取るための行動に動き出す。そして『東洋武俠団』では、春浪が生んだ最大のヒーロー段原剣東次が青面怪塔に殴りこむ。彼はロシア軍の守備隊百余人を相手に大立ち回りを繰り広げ、西郷隆盛を救出する。桜木大佐は、かつて奸計によって「日の出」を撃沈したロシアの軍艦を、策略を用いて奪い取り、「武俠団体」と「東洋団結」が協力して、アジアの未来のために戦うことを約束して、海底軍艦シリーズは完結する。

　この海底軍艦シリーズには、サイド・ストーリイとして『日欧競争空中大飛行艇』（大学館、明治三十五年三月）、『続空中大飛行艇』（大学館、明治三十五年九月）、短編の「絶島通信」（「少年世界」明治三十六年九月号～十一月号）もあった。こちらのサイド・ストーリイでは、タイトルからも分かるように飛行機が重要な役割を果たす。作中ではアメリカから大西洋を横断してアフリカ内陸部へと至る飛行機レースの勝負が描かれるのだが、明治三十五年にはまだ現実には飛行機は存在しなかったし、ライト兄弟が飛んでからもしばらくは、飛行機は別名「芝刈り機」と呼ばれたほどで、地面のうえを飛び跳ねる程度の道具に過ぎなかった。したがって明治期の「飛行機小説」は現代なら恒星間ロケットが出てくるハードSFのようなものだったのである。

　このように明治三十年代から四十年代にかけて、現実の日本の海外拡張に関連して架空戦記、特に対露戦争小説が流行し、日露戦争後になると対米戦争小説（あるいは英米との技術開発競争物）

がしきりに書かれ、その多くで飛行機が大きな役割を担うことになった。

『宇宙戦争』に『暗黒星』――世界は何度も滅亡する

ところで、明治三十年代は西暦でいえば十九世紀から二十世紀への変わり目を含んでおり、欧米の世紀末ブームに影響を受けた終末論的SFが日本にももたらされた。とはいえ、この時期の日本社会は日清戦争と日露戦争のはざまにあって、文明の進歩への信頼がまだ強い一方、世紀末的退廃を楽しむには未成熟だったので、翻訳小説はもたらされたものの、日本独自の終末小説が展開を見せるのは、主に日露戦争後の社会不安が広まってからだった。

一八九七（明治三十）年の四月から十二月にかけて英・米の雑誌で、火星人による地球侵略を描いたH・G・ウエルズの『宇宙戦争』が同時連載された。これも世紀末の世相を反映した滅亡テーマのSFだが、日本SF史的に特筆すべきなのは、この作品がまだ完結せずに英・米で雑誌連載中だった時期に、無名氏訳「天来魔」（「世界之日本」明治三十年七月〜十月）として日本に翻訳紹介された事実だ。今日、日本は米英に匹敵するSF大国で、海外SFへの目配りも鋭いが、そうした体質の萌芽は、既にこの頃からあった。

中川霞城『世界滅亡』（明治三十二）は、オーストリアの天文学者ルドルフ・フェルプの地球滅亡説を受けた作品だ。フェルプは一八九九年三月二十三日に、大彗星が地球に衝突するとの説を発表していた。『世界滅亡』では、彗星衝突の発表を受けて社会が大混乱に陥るなか、一部の人々が新素材アルミニウム（当時は新素材だった）で特殊飛行機を製作して人類の生き残りを目指すという物語だ。

劇作家として知られる松居松葉の『亡国星』（明治三十三）もフェルプの彗星衝突説を踏まえた作品だが、ヒュームの翻訳であり、彗星衝突の被害は予測されたほどの惨事とはならず、かえってマッド・サイエンティストがばら撒いた病原菌を殺菌して、人類は救われる。

ところで彗星衝突説といえば、ハレー彗星騒動が有名だが、十九世紀から彗星は密度が低く地球に接触しても問題はないという説が有力だった一方、フランスの天文学者カミーユ・フラマリオンなどが有毒説を唱えて物議を醸していた。アメリカの天文学者シモン・ニウカムが書いた『暗黒星』（黒岩涙香訳、「万朝報」明治三十七年五月六日〜二十五日）は、一定の軌道を持たない謎の暗黒星が、まもなく太陽に衝突し、その影響で太陽は一時的に数千倍に膨張して、地球上のすべてが焼き尽くされるという物語。それを察知した科学者たちは、第二のノアとなるべく、地下百尺に建設された研究所をシェルターに改造し、食料や植物の種を運び込む……。〈滅亡テーマ〉は、同時に〈再生テーマ〉でもあり、基本的には科学と人類の共同体への信頼に裏付けられていたことが分かる。

どうもこの時期の天文学者には人騒がせな人が多いが、その実相はメディアの取り上げ方の問題であり、天文学者が指摘した僅かな可能性を誇張して報道したり、科学知識の不足から誤解して報道したりしたものも少なくないようだ。もっとも、天文学者のほうでもサービス精神からか、極端な学説を好んで唱える人がいたのも事実だ。有名なフラマリオン博士には『此世は如何にして終るか』（一八九四）がある。彼の仮説は、日本では明治二十六（一八九三）年に一部が徳富健次郎（蘆花）編『近世欧米歴史之片影』に収録され、長田秋濤訳「百万年後の地球」（「太陽」明治三十三年八月〜九月）として抄出された。

『此世は如何にして終るか』の全体は二部構成になっている。第一部は近未来が舞台で、彗星は大きな被害をもたらしたものの人類の屋台骨は揺るがなかった。しかし一千万年後を舞台にした第二部では、人類文明は頂点に達したものの、太陽系自体が死滅へと向かい、人類の生殖力も低下し、地球生命も衰退してゆく。進歩は止まり、すべては静かに終わりへと向かってゆく……。加藤弘之が恒星間移民を提唱していたことを思い合わせると、フラマリオンの世界観・想像力は悲観的にすぎるとも思われる。あるいはこの背後には、『聖書』の記述に従って、人間が神から賜ったのは〈この地の隅々まで〉すなわち地球だけであり、他の天体に移住することはできないというキリスト教的倫理観があったのかもしれない。『月世界旅行』を書いたヴェルヌも、『蒸気で動く家』（一八八〇）では、主人公に「人間は、ただ地球の住人であり、その境界を越えることは出来ない」と語らせている。なお、日本で高橋毅による全訳『科学小説此世は如何にして終るか』が改造社から刊行されたのは大正十二（一九二三）年四月、関東大震災が起きる五ヶ月前のことだった。

第六章　三大冒険雑誌とその時代

「冒険世界」創刊

日露戦争中の日本では、いくつもの戦争報道雑誌が発行された。それらには多くの作家や画家が関係していた。国木田独歩は「戦時画報」の編集人を務め、同誌は画家の小杉未醒を戦地に派遣した。田山花袋は博文館の従軍記者として「日露戦争実記」に記事を書いた。博文館は「日露戦争写真画報」というビジュアル中心の雑誌も発行し、押川春浪はその編集助手を務めていた。戦争が終わると、役目を終えた戦争報道雑誌の多くは廃刊になったが、「日露戦争写真画報」は「写真画報」と改題して、グラフ雑誌へと転換した。その際、春浪は正式に編集長になっている。さらに明治四十一（一九〇八）年一月、「写真画報」は新たな雑誌へと転進した。押川春浪が主筆を務める雑誌「冒険世界」である。

明治四十年代は、この「冒険世界」を中心にして、〈冒険小説〉の全盛期となる。この場合の〈冒険小説〉とは、もちろん『浮城物語』や『海底軍艦』のような作品が本流だが、そればかりではなかった。

「冒険世界」の第一号の巻頭には、次のような創刊の辞が載っている。これは「冒険世界」の編集方針を告げているだけでなく、二十世紀初頭の日本におけるエンターテインメント文芸のあり方を告げたものとして貴重だ。やや長いが全文を引用しておく。

〈冒険世界は何故に出現せしか、他無し、全世界の壮快事を語り、豪胆、勇俠、磊落の精神を鼓吹し、柔弱、奸佞、堕落の鼠輩を撲滅せんが為に出現せしなり。

冒険世界は鉄なり、火なり、剣なり、千万の鉄艦鉄城を造り、五大洲併呑的の壮図を語る事もあらん、猛火宇宙を焼尽すが如き、破天荒の怪奇を述《のぶ》る事もあらん、又た抜けば玉散る三尺の秋水、天下の妖髡を鏖殺するの快談を為すこともあらん。

夫れ二十世紀は進取的、奮闘的勇者の活舞台にして、広き意味に於て、冒険的精神を有する者即ち勝つ、最も広き意味に於て観察すれば、汽車に乗る事も冒険なり、市街を歩む事も冒険なり更に〳〵極言すれば、人間が此地球上に住ふ事すでに一大冒険ならずや、何時地球は彗星と衝突して微塵となるやも知るべからず、何時大地震の為に我等の住める都会は焦土となるやも知るべからず、或意味に於て我等は常に地雷火上に立てる決死隊に似たり、若し太陽系以外、斯かる憂慮なき場所より何者か忽然来つて此地球上に住はば、これ程危険に感ずる事は無かるべく、我等この危険を思ふて戦々兢々たらば、一日も地球上に平然として生存する能はざらん、然るに天地開闢以来、何人も地球上に生存するを左程恐ろしき事と思はず、泰然自若たるを得るは何故か、他無し、日常その危険なる境遇に馴れ、自然に心胆の修練を経て、確信と覚悟とを生じ、天命に安んじ得るに至りしが故なり。茲《ここ》に於てか知る、人間は如何なる境遇にあるも、其心胆を修練し、確信と覚悟とを生じ、天命に安んじ得るに至らば、天下何者か我を恐怖せしむるに足らん、この何時大地震の来るやも知るべからざる陸上にあると、彼の何時難破するやも知るべからざる船中にあると、沈思すれば五十歩百歩の差のみ、此覚悟をもつて事に当らば、蛮境に入るも泰然自若たるべく、死地に臨むも莞爾たるを得ん。

冒険世界は敢て諸君に無謀の冒険を勧むるものに非ず、寧ろ之れを制止せんとす、然れど諸君一旦志を立てて事に当らば、剣難を恐れず、辛苦に僥《たゆ》まず、奮闘し、活動し、猛進せん事を切望して止まず、此有為の精神を鼓吹せんとて出現せしなり。

思ふに冒険に二種あり、一は真善美の冒険なり、ほかは偽悪醜の冒険なり、真善美の冒険は個人を進歩せしめ、国家を盛栄ならしめ、偽悪醜の冒険は個人を堕落せしめ、国家を滅亡せしむ、健児志を立てて険難を冒し、国家に貢献するの偉業を為すも冒険なれば、蕩児色に溺れて花街に出没し、猛獣よりも恐るべき病毒の巣窟に陥落するも亦た一種の冒険なり、冒険世界は真善美の冒険思想を鼓吹すると同時に偽悪醜の冒険に向つては極力猛撃を加ふ、而して本誌は豪胆、勇俠、磊落なる諸君の親友たらんとて出現し、今後千変万化の壮快事を語るべければ、諸君亦た本誌を親友と為し、非あらば遠慮なく忠告を加へ、取るべきあらば長く賛助を与へられよ、冒険世界は諸君が将来無限に発達するが如く、此地球の存在する限り、無限に活動進歩せんと希望するなり。〉

ようするに冒険小説とは、あらゆる健全な面白さを内包するものだという主張が、ここにはある。実際、『冒険世界』は冒険・探検などをはじめとして、各種のスポーツや最先端の科学知識案内、各種の学校案内など、若者が好奇心を抱きそうなものは何でも旺盛に取り上げた。小説も、いわゆる冒険小説だけではなく、英雄豪傑の伝記小説や、戦争武勲譚、科学小説、怪奇小説などを載せた。さらに各種スポーツ記事や本当の探検記、海外情報（欧米事情やアジア情勢、移民情報など多岐にわたる）、幽霊話や怪奇現象などに関する記事など、今日にも通用するようなサブカルチャーの諸ジャンルを、巧みに取り入れていた。

『冒険世界』の多様な誌面戦略

これ以外にも『冒険世界』は、読者を惹きつけるために、読者を巻き込むさまざまな工夫を凝らしていた。主なものとして、

A テーマ投稿、スポーツや同時代の冒険の成否などの予想を、懸賞付投稿で募集。
B 小説の結末をクイズ形式で募集。読者手記・創作の募集。掲載小説にちなんだ投稿募集。
C 読者参加イベントの実施。

などが挙げられる。

Aの「投稿」というのは、明治中期以来、他の少年雑誌でもよく見られたが、『冒険世界』ではアンケート形式の設問に短文で答えを募り、優秀作を発表しただけでなく、「金牌銀牌」といった懸賞を出した。設問も「家庭内の最大の冒険とは何か？」「諸君は百万円を如何に使

用するか?」など、それまでの青少年雑誌の真面目な出題傾向に比べて、ひねりの効いた娯楽性の高いものになっている。さらに「字当て」としてクロスワードパズルがあったり、「大相撲東西・勝星負星予測」「野球大会順位予測」「振武大競争会勝者予測」などスポーツ・イベントの順位予測も多く、ファン心理を巧みに掻き立てた。その一方、一歩間違うとスポーツ賭博になりかねない面もあった。

Bの「結末投稿」は作家が小説の前半を書き、その後の展開を、読者が自由に創作して投稿するもの。たとえば「冒険世界」明治四十一年二月号に掲載された「幽霊妖怪奇譚」にたいしては三千七百五十六通の答案が寄せられ、同年四月号に優秀作七編が掲載されている。このほか、読者自身の冒険小説や冒険実話の募集も行っている。

さらにCのイベントというのは、「天幕旅行大運動会」や「全国学生大競争会」など、宿泊込みで、ショーアップされた「運動会」を、誌上で参加者を募ったうえで開催したもの。観客も大勢つめかけて、にぎやかな催し物だったらしい。その様子は誌上で大きく報道されているが、ボート競走や娯楽的な競技もさまざまあるばかりでなく、「冒険世界」という雑誌を通して人々が仲間として知り合う機会でもあり、合宿ではテーマごとの討論やファンの集いのようなものも行われたらしい。どうやら体育会系版のSF大会のような趣があったようだ。

「冒険世界」の体裁はB5サイズで、毎号アート紙の写真版と三色刷口絵が付いていた。口絵の多くは小杉未醒が描いている。小杉は洋画も日本画も描いたが、彼が同誌で見せたのは、欧米の雑誌からヒントを得たような劇的でロマンチックな画題が多かった。「冒険世界」は質実・剛健など、バンカラな価値観を推奨してはいたが、「淫風（不真面目な恋愛や悪所での遊び）」以外の健全な娯楽はどしどし取り入れていた。また、青少年向けということもあって、大学案内（各校の寮生活やサークルなど、主に勉学以外のこと）や学生文化に関する記事も多かった。それは実際には上級学校に進学できない少年にとっても、憧れの世界を垣間見ることができるものだった。その一方で「冒険世界」は、学歴がすべてではなく、冒険心や型に嵌らない「自分らしさ」が大切だというメッセージも強く打ち出した。「冒険世界」の編集手法はかなり洗練されており、雑誌文化史から見ると、ビジュアル面でもハイカラを超えてモダンですらあった。

冒険雑誌の老舗「探検世界」、特集「月世界」

ところで冒険雑誌としては、「冒険世界」に先行して、「探検世界」があった。博文館はこれをモデルにして、春浪を主筆に据えて「冒険世界」を出させたのだった。

「探検世界」は明治三十九（一九〇六）年五月、成功雑誌社から創刊された冒険雑誌で、「冒険世界」に先行する斯界の老舗だった。編集長は村上濁浪。

濁浪は幸田露伴に師事し、春陽堂の編集者などを経た後、自宅を発行所として成功雑誌社を起こし、明治三十五年にアメリカの雑誌「サクセス」を踏襲した雑誌「成功」を創刊していた。「探検世界」は日本人の海外発展を奨励する記事を掲げ、実際にも白瀬中佐の南極探検をバックアップするなどの活動も行った。大隈重信が会長を務めた南極探検後援会では濁浪が幹事を務め、その本部も成功雑誌社に置かれていた。

同誌も多くのSF的作品を載せているが、特に注目すべきなのは、「探検世界」明治四十年十月増刊号として刊行された〈月世界〉特集号だろう。同号には、堀内新泉「月世界探検隊」、町田柳塘「青年月世界巡遊記」、米光関月「青年立志月世界旅行」、江見水蔭「月世界跋渉記」、西村渚山「月世界案内記」、押川春浪「月世界競争探検」、石井研堂「月世界独力探検」、天空海闊道人「月世界新婚旅行」といった作品が載っている。他にも月に関する記事が満載で、一冊まるまる月の話題で占められていた。

特集「月世界」挿絵〈月世界探検隊の月世界高山到着光景〉

「月世界探検隊」の堀内新泉は、以前から「探検世界」に「水星探検記」（明治三十九年九月号）、「月世界探検記」（同年十月号）、「金星探検記」（明治四十年五月号）、「続金星探検記」（同年六月号）などを載せており、宇宙探検に強い興味を抱いていたSF先駆者の一人だった。

全篇がSFの「世界未来記」

「冒険世界」にも、全篇がSF特集といえる増刊号がある。明治四十三年四月増刊号「世界未来記」がそれだ。

押川春浪「鉄車王国」、浅田江村「英独戦争」、海底魔王「海底戦争未来記」、冒険記者「破天荒の大飛行機」、閃電子（三津木春影）「神力博士の生物製造」、虎髯大尉「日米戦争夢

物語」などのほか、黒面魔人「官営しるこ専売局」などというユーモア未来予測小説も載っている。上方落語の系統に「ぜんざい公社」という演目があるが、「官営しるこ専売局」はその原形と思しい。現代でも、SF作品が新作落語に仕立て直されることがあるし、戦後の一時期、SF作家として立つ前の小松左京は、漫才台本を書いていたことがあったが、SFと「笑い」の結びつきは百年前から深かったのである。思うに「笑い」は、受け手の許容度を豊かにする。したがって書き手としては、「笑い」の表現を用いることによって、より過激な構造や思想を表現することが可能となる。それが両者の結びつきを、必然のものとしたのではないだろうか。

ところで増刊号「世界未来記」中、最も重要な作品は春浪の「鉄車王国」だろう。この作品は、白人対有色人の人種戦争を描いており、日本人有志らが「天下無敵鉄車」という秘密兵器を建造して、白人たちの侵略を撥ね退けるという筋立て。この鉄車は単なる大きな戦車ではなく、「動く要塞」あるいは「動く戦闘都市」といった規模を持ち、そのなかで軍団が生活している。ラジウムよりも効率のいい高放射性物質イターナルを動力として動き、海上も航行できて、そのまま敵国に上陸し、街を踏み潰し、あらゆるものを放射線で破壊するという最終兵器である。この規模は、まだキャタピラで動く戦車すらなかった時代のものとしては、やはりとてつもない想像力だ。小杉未醒の口絵もすばらしい（カバー装画）。

「探検世界」廃刊と「武俠世界」誕生

「探検世界」は、その後も小川蛍光「火星地球戦争」（明治四十一年七月号）、江見水蔭「探検小説空中快遊船」（明治四十二年十月号）などのＳＦを載せているが、「冒険世界」の隆盛に押されて苦戦し、明治四十四年九月号をもって廃刊となった。

一方、「冒険世界」のほうは創刊時から春浪の「冒険小説怪人鉄塔」（明治四十一年一月号～十二月号）を連載したほか、木村小船「火星奇譚」（明治四十四年一月号）、激浪庵「潜航艇夢物語」（同年五月号）、閃電子「未来戦争飛行艦隊日本襲来」（明治四十二年二月号）、黒面魔人「怪奇小説世界最後の大悲劇」（明治四十三年五月号）、髭の少尉「時事小説日米の危機」（同号）、火星隠者「驚天動地火星軍隊の地球襲来」（同年六月号）など、続々とＳＦ作品を載せて、人気だった。

なお、この頃から、はっきりとアメリカを次の仮想敵国とした小説が増えてくる。これはカリフォルニア州で排日移民運動が盛り上がっていることへの反発と、太平洋や中国での利権をめぐる日米対立が次第に露わになってきた現実を反映していた。

ちなみに虎髯大尉、激浪庵、黒面魔人、髭の少尉などはいずれも阿武天風の別号である。天風は、元海軍士官で、日露戦争に従軍した経験を持っていた。

順調にみえた「冒険世界」に思わぬ躓きが生じたのは、明治四十四（一九一一）年のことだった。この頃、学生のあいだには野球熱が高まっており、「冒険世界」もしきりにそれを応援していたのだが、この傾向について、学業が疎かになり、ひいては青少年の健全な育成が妨げられるという非難が出された。「野球害毒論」である。これに対して春浪は、繰り返し痛烈な反論を加えたが、そのことが世論を気にする発行元・博文館経営陣の不興を買った。

このため、春浪は明治四十四年十一月に博文館を去り、翌四十五年一月、興文社から「武侠世界」を創刊して、自らその主筆となった。編集者の何人かは、彼と共に「武侠世界」に移った。ただし春浪は、自分が創刊させた「冒険世界」の存続も図り、そちらには主筆として阿武天風を残していった。以後しばらく、「冒険世界」「武侠世界」の競合時代が続く。

この二誌ならびに、先にあった「探検世界」を加えた三誌を、一般に明治の三大冒険雑誌と呼ぶが、発行時期は微妙にずれており、三誌が同時に書店に並ぶ機会はなかった。

その後、大正三（一九一四）年十一月六日に押川春浪が亡くなると「武侠世界」の主筆は針重敬喜が引き継いだ。一方、「冒険世界」のほうは、大正六年七月に主筆が長瀬春風にかわり、さらに大正八年一月から最後の編集長（責任者の名称が主筆から編集長に変わっている）森下雨村へと引き継がれた。

江見水蔭、羽化仙史など——忘れられたSF作家

明治後期から大正前期には、春浪のほかにも、多くのSF的作品を書いた作家がいた。

江見水蔭もその一人である。水蔭は杉浦重剛の称好塾で学んだが、そこで巌谷小波、大町桂月らと知り合い、明治二十一（一八八八）年には小波の紹介で尾崎紅葉の門に入り、硯友社の同人として文筆生活に入った。彼は明治三十年前後から、雑誌「少年世界」「探検世界」などに探検実記や冒険小説を書き、SF系の作品としては『空中飛行器』全二（青木嵩山堂、明治三十五）、「空中飛行絶島探検」（「実業少年」明治四十三年一月号）、「水晶の家」（「朝日新聞」同年十月二十二日～四十四年二月二十八日）、「怪人の発見」（「実業少年」明治四十四年一月号）、「探検小説世界第一艦」（「少年

世界」（同年三月号〜八月号）などを残している。このほか、水蔭は捕鯨船に乗ってその実録を書いたり、趣味として行っていた考古学の発掘に想を得て、発掘に関する小説や太古の世界に材を採った小説も多い。江見水蔭は濁浪に招かれて、一時、「探検世界」の主筆を務めてもいて、その意味でも春浪のライバルといえる作家だった。

一方、はっきりと春浪を意識していたといわれるのが、羽化仙史（本名・澀江保）である。羽化仙史はもともと本名や別号で、博文館などから数多くの実用書、歴史実記、それに催眠術・奇術関係の書籍を出していたが、日露戦争が終わった頃から、冒険小説に熱心に取り組むようになった。その小説は主に大学館という出版社から刊行され、『冒険小説新海底旅行』（明治三十八）、『冒険小説月世界探検』（明治三十九）、『冒険小説空中電気旅行』（同）、『冒険小説食人国探検』（同）、『冒険小説北極探検』（明治四十）、『冒険小説海底奇談』（同）、『冒険小説男神女神』（明治四十一）、『英雄小説蛮カラ博士』（同）など数多くの冒険小説も出している。ちなみに羽化仙史は澀江抽斎の継嗣で、森鷗外が史伝『澀江抽斎』を執筆する際には原資料を提供したばかりでなく、鷗外の同書後半（抽斎没後）は、ほとんど保本人の評伝といってもいいようなものだった。鷗外は〈（保が）最も大いに精力を費したものは、書肆博文館のためにする著作翻訳で、その刊行する所の書が、通計約百五十部の多きに至つてゐる。其書は随時世人を啓発した功はあるにしても、概皆時尚を追ふ書估の誅求に応じて筆を走らせたものである。保さんの精力は徒費せられたと謂はざるを得ない。そして保さんは自らこれを知つてゐる。畢竟文士と書估との関係はミユチユアリスムであるべきなのに、実はパラジチスムになつてゐる。保さんは生物学上の亭主役をしたのである〉（『澀江抽斎』）

『月世界探検』口絵

と述べている。しかし鷗外は、保が提供した資料を使いながら、そこに記された彼の小説リスト（おそらく保は、この大文豪に小説そのものも贈ったと推定される）を黙殺した。明治二十年代の『浮城物語』論争では、これを擁護した鷗外だったが、大正期になると冒険小説を文学として評価するのを避ける態度を取った。ある意味で、売れ筋の本を書かせようと保に寄生した出版社以上に、鷗外の態度は保を傷つけるものだったのではないだろうか。

今日、澀江保は、一般的には『澀江抽斎』の作中人物ないしは資料提供者として記憶されている。そういえば江見水蔭も、多くの小説を残したにもかかわらず、文学史的には『自己中心的明治文壇史』以外は、あまり記憶されていないのは残念だ。

三津木春影も「探検世界」「冒険世界」双方にＳＦ的作品を書いていた作家だが、大正期になってからも、『怪奇小説空魔団』（大正三）、『怪奇小説間諜団』（大正六）、『怪奇探偵海魔城』（大正七）などを書いている。春影には明らかにＳＦへの嗜好があったが、そうした傾向の意味を理解する読者は、当時はまだ多くはなかった。

永代静雄もまた、作品はあまり多くはないが、個性的な作品を残している作家だ。彼は大正元（一九一二）年に、明治の大ベストセラー『不如帰』の後日談という設定で『小説終篇不如帰』を書いているのだが、そのなかには当時はまだ存在しなかったヘリコプターが登場する。また『透視液』（大正七）、『外相の奇病』（大正八）なども、探偵小説の流行以前に書かれた探偵小説系ＳＦとして興味深い。ちなみに彼の本業は新聞記者で、田山花袋『蒲団』のヒロイン横山芳子の恋人・田中のモデルだったことでも知られている。

「科学小説ラヂューム」と新元素「ニッポニウム」

「探検世界」「冒険世界」「武侠世界」はいずれも誌名に「世界」が入っているが、「〇〇世界」という誌名の雑誌はほかにもあった。

　そのひとつ、「科学世界」は明治後期に創刊されたポピュラー・サイエンス雑誌だが、時々、科学小説も載せている。明治四十二（一九〇九）年には〈科学小説懸賞募集〉も行っていた。ここでいう「科学小説」とは、〈科学的趣味を題材とし余り深遠ならざる範囲に於て学理的の記述其応用更に進で科学的基礎に拘る想像等を含ば可なり〉と規定され、その範囲はかなり広い。また募集広告文のなかには〈清新にして健全なる科学趣味を配したる小説を投稿あらんことを祈る、或は諸君の中に東洋のジュールベルヌを見出すことを得んか〉とも謳われており、啓蒙的な科学解説小説ではなく、ＳＦ作品を期待していたことがうかがわれる。つまりこれは、日本で最初のＳＦコンテストだった。

　当選作となった船本新吾「科学小説ラヂユーム」は、「科学世界」明治四十一年八月号に掲載された。これはラジューム発見以前に、日本人がこの新元素を発見しており、そこから特殊なエネルギーを抽出して不老不死の薬を作ろうと自分の体で実験したところ、思わぬ副作用が現れ、発見者は自宅を吹き飛ばして自殺。すべてのデータも失われてしまったという筋になっている。ちなみにこの小説は、話者が悄然と「ラヂユームの第二の発見者は誰であろうとも構わぬが第一の発見者は我が泉野武義君であるのだ」と語るところで終わっている。この「我が」というのは「我が友」とも読めなくはないが、前半でも「ラヂユームの発見は日本人の功に帰するのであつたに、惜しい事であつた」という科白があり、やはり「我が国」と解すべきだろう。ここには、科学上の発明・発見をめぐる国家間競争が反映されている。

実際、発見者の母国にちなんで命名された原子は少なくない。キュリー夫人が祖国ポーランドにちなんでポロニウムを命名したことは有名だが、ゲルマニウムも一八八五年、ヴィンクラーが母国ドイツにちなんで命名したものだし、後のフランシウムやアメリシウムも、同様の愛国的命名だ。こうなるとニッポニウムが欲しくなるのが人情だ。

そんななか、明治四十一年に東北帝国大学教授の小川正孝が新元素を発見したと発表。これをニッポニウムと命名した。小川はこれを、当時空欄だった原子番号四三に該当するものと考えた。しかしこの元素は、小川以外の者が分離しようとしても、どうしても発見されず「幻の元素」となってしまう。実は小川は、たしかに新元素を発見していたのだが、それは原子番号四三番ではなく、原子番号七五番に該当する物質で、今日、レニウムが当てられている。レニウムが発見されるのは小川の発表の十七年後のことだった。これこそ「日本人が発見したのに惜しいことだった」事例である。

ちなみに、船本新吾「科学小説ラヂユーム」は、まもなく盗作だったことが判明し、当選が取り消された。元になっているのはアルデンの「新元素」という小説で、日本でも「大阪朝日新聞」（明治四十年二月三日、二月十日）に翻訳が掲載されており、せっかくの日本発の科学小説コンテストが、これまたきわめて残念な結果といわざるをえない。

ジャンルとしての科学小説（ＳＦ）が確立されるには、なおしばらくの時が必要だった。

第七章

大正期未来予測とロボットたち

馬鹿をも治すクスリの力

明治は四十五年で終わり、元号が大正と変わった。しかしその後もしばらくは、世の中には明治の風潮が強く残っていた。SF的作品のあり方についてみた場合、それが決定的に転換するのは、第一次世界大戦も終わりに近づいた頃からだったと私は感じている。だが、その転換の内容を明確にするのは難しい。まずは具体的に作品を見てみることにしよう。

大正新時代的な作品のひとつに星一『三十年後』(新報知社、大正七)がある。この作品は次のような話だ。

大正三十七年、明治・大正期の大政治家で、南洋の無人島で隠遁生活をおくっていた嶋浦太郎が、三十年後に日本に戻ってきて、その進歩した社会に驚くという趣向をとっており、その構成自体は明治の政治小説を彷彿とさせる。ただしその文章には、大正期らしいユーモラスでモダンなセンスがあふれている。

「大正三十七年」には、汽船による旅行者は珍しい。殆んどの旅行者は飛行船や飛行機を利用しており、港に集まった記者には、埠頭で取材するのは初めてという人間もいる。嶋浦翁が港に着くと、その映像は無線を通じて、新聞社の写真部に送られる。

三十年後の世界では、不老回春の薬が開発されており、嶋浦翁のような白髪白髭の老人はおらず、皆若々しい姿をしている。未来の東京市街には電柱が一本もなく、皆地下を通っている。外出には飛行機や地下鉄を使用することが多くなったために、自動車も少ない。代わりに各家庭の屋上には自家用飛行機の発着場が設けられている。

街には警官の姿もみえなかった。人々は銘々に秩序を維持するので、警察は不要なのだという。家庭は電化が進み、調理設備や冷暖房も整い、しかも国民の富は平均化・向上化が進んだので、どの家庭でもそのような設備がある。

また「夢枕」という措置があって、寝る前に装着すると、その日のニュースや種々の知識を吸収できるという。今や世界は、全体に豊かになり、誰もが健全な肉体と精神を所有するようになったために争いがなくなり、戦争もなくなったので、近く軍隊も廃止されるという。

食生活も変化していた。今では健康的でヘルシーな日本食が世界中で食べられるようになっており、それも「米炊会社」「味噌汁会社」から温かな食事が各家庭に届けられるようになった。また感情も薬剤でコントロールできるようになり、あまりに興奮して危険な行為に及びそうになると、警察の代わりに巡視官が駆けつけてきて、測頭機で頭の検査をして、薬を飲ませて興奮を冷ます。

このような社会にも問題はあって、一時期、工場や汽車から盛んに排出された煤煙のために、都市部では樹木が枯れるという公害が起きてしまった。しかしこれも、動力を太陽エネルギーに切り替えるなどの対策を進めており、いずれ克服できるだろう……。

このユートピアのような世界を作り上げた人物は、さまざまな発明をし、それらを生産する会社を興しながら、匿名で隠遁生活をおくっているのだが、実は『三十年後』の著者である星一こそ、そのユートピア建設者なのだった――というオチである。

著者の星一は星製薬の社長で、実際に新薬開発に従事していた。また代議士も務めたことがあり、星薬科大学の創設者としても知られている。さらに戦後ＳＦ界を主導した星新一の父でもあり、そういう点でも彼の存在は後の日本ＳＦに大きな影響を与えた。

『空中征服』が警告する格差社会

賀川豊彦『空中征服』（改造社、大正十一）もまた、この時期を代表する重要な未来小説だ。物語は冒頭から、かなり人を食った始まり方をしている。主人公は作者である賀川豊彦自身で、貧民窟に住んでいた彼が、突然、大阪市長に就任したところからはじまる。彼は戸惑いながらも、公害対策に着手する。大阪には工場が多く、林立する煙突から吐き出される煤煙のために、市民の健康は危険にさらされていたからだ。賀川は煙突廃止運動に取り組み、市議会で演説して煤煙征服を訴えるが、市議会議員たちは工場を所有して儲けている資本家たちが多いので、妨害されて会議は思うようには運ばない。その一方で、賀川市長排斥運動も画策される。

そんななか、賀川市長は街を歩いていて反対派に刺されて倒れ、住まいの貧民窟に担ぎこまれる。一命は取り止め、寝込みながらも公害対策への情熱は冷めない。しかし、彼がどんなにがんばっても、資本家たちの力は強く、事態は進展しない。

失意のなか、大阪を離れて田舎で散歩していると、賀川は小川のなかのメダカに誘われて水中国を訪れる。そこで人間世界を客観的に見つめる目を養った賀川は、人間界に戻ってくるが、川辺には過去の自分もいる。「過去の自分」と「達観した自分」のふたりとなった賀川は、協力して事態を収拾すべく立ち上がる。

彼に共鳴する発明家も現れる。発明家は人間の体重をなくしてしまう「人間改造機」なるものを作る。そして賀川が断行したのは、大阪上空に体重がゼロになった貧民たちを移住させる空中楼閣を建造し、そこにユートピアを作るという計画だった。しかしこの「空中征服」も達成間近なところで資本家・既成権力者らの手で粉砕されてしまう。

ついに、地球に自分たちが住むべきところはないと見切りをつけた六千人の仲間たちは、アインシュタインの相対性原

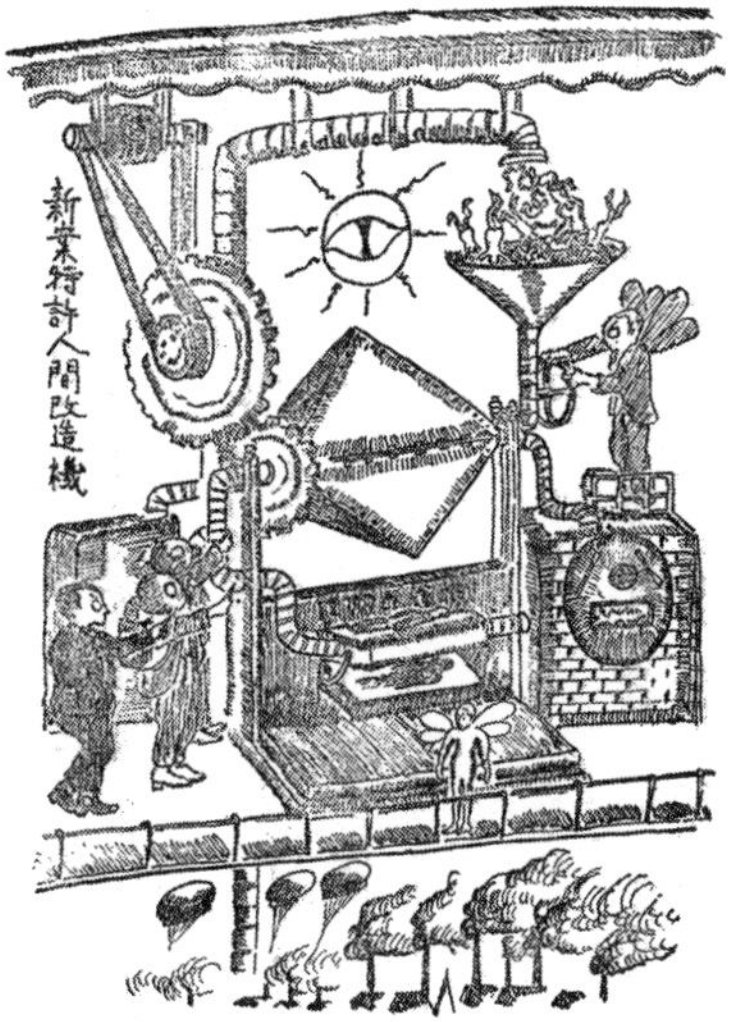

『空中征服』挿絵〈新案特許人間改造機〉

理を利用して発明された光線列車で火星へと向かう。火星には火星人たちが住んでいて共和制を布いていたが、彼らは地球からの難民を温かく歓迎してくれる。その一方、地球では「過去の賀川」が十字架で処刑されようとしている……。

賀川豊彦はキリスト教社会運動家で、明治四十（一九〇七）年九月、神戸神学校に進んだが、在学中から自ら貧民街に住んで伝道活動を行った。大正三（一九一四）年にはプリンストン大学に留学。帰国後は再び貧民街に住んでの布教生活を続ける一方、労働組合運動も援助した。一般的に知られている代表作は、貧民街での活動を小説化した『死線を越えて』（大正九）で、これは大正期最大のベストセラーとなっている。

『空中征服』で賀川が取り上げた公害や階級格差といった社会問題は、実際に彼が取り組んでいたものだった。キリスト教徒であった彼は、社会主義者とはいいながら、革命や労働者の実力行使といった暴力的手法は避けつつも、貧民には住むべき場所がない現状を痛烈に批判した。体重をゼロにしなければ行き場がない人間というのは、つまり生きながら死んでいるということであり、ユーモラスでありながら切ない。この作品はある意味、その作品構成も作者の精神構造も、明治前期の民権的政治小説と通底しているといえよう。思えばプロレタリア文学は、一種の政治小説であり、大正期にマルクス主義的文学観の観点から、私小説や教養主義的小説は「ブルジョワ的」「退廃的」だとする批判が沸き起こったことは、政治小説の側からの純粋文学への反撃という側面があった。

大正期の未来小説・未来予測を特徴づけるのは、科学の進歩への確信や、その逆の公害問題、社会主義的未来像——などではない。鉱山の煙害については明治期から知られていたが、都市の公害問題が表面化するのは、たしかにこの時期からだ。A・A・ボグダノフ、大宅壮一訳『赤い星』（大正十五）も、社会主義とモダニズムが交錯する、この時代らしい作品である。だが、社会主義的未来像というだけなら、明治四十年にD・M・パリー、一貧乏訳者訳『くらげ』前後編（俳書堂籾山書店）や矢野龍溪『新社会』（明治三十五）などがあった。昭和に入ってからだと、ジム・ドル、広尾猛訳『革命探偵小説メス・メンド』1〜5（世界社、昭和三）が知られている。

むしろこの時期を特徴づけるのは、ユーモアの顕在化という表現の質的変化だ。社会・政治についての思想では大きな差がある星一と賀川豊彦の共通項はそこにあり、そうしたユーモアやアイロニーを許容するようになってきたのが大正〜昭和初期社会の特徴だった。漱石の幻想短篇の系譜を継ぐ芥川龍之介や内田百閒の夢想的小説群にも、やはりユーモア感覚が宿っている。

『赤い星』挿絵

ＳＦの宝庫――『現代ユウモア全集』

だからこの時期、ユーモアをキィワードとした全集が編まれたのは、偶然ではない。小学館・集英社内におかれた現代ユウモア全集刊行会から刊行された『現代ユウモア全集』（第一期、昭和三〜四）は、昭和初頭版『ＳＦバカ本』とでも呼ぶべきもので、どの巻にも多少はＳＦ的な作品が含まれており、ユーモアとＳＦの親和性を印象付ける。

第一巻『坪内逍遥集　後生楽』
第二巻『堺利彦集　桜の国・地震の国』
第三巻『戸川秋骨集　楽天地獄』
第四巻『長谷川如是閑集　奇妙な精神病者』
第五巻『生方敏郎集　東京初上り』
第六巻『佐々木邦集　明るい人生』
第七巻『岡本一平集　手製の人間』
第八巻『正木不如丘集　ゆがめた顔』
第九巻『近藤浩一路集　異国膝栗毛』
第十巻『大泉黒石集　当世浮世大学』
第十一巻『高田義一郎集　らく我記』
第十二巻『牧逸馬集　紅茶と葉巻』

第十三巻『田中比佐良集　涙の値打』
第十四巻『水島爾保布集　見物左衛門』
第十五巻『細木原青起集　晴れ後曇り』

未来への夢想を文学に取り入れるべきではないと主張した坪内逍遥は、実は政治小説『内地雑居未来の夢』（明治十九）を書いたほか、「回春泉の試験」「ある富豪の夢」なども書いていた。高田義一郎は「人造人間」「人間の卵」「扁桃先生」などSF指向が強く、水島爾保布もロボット物を書いている。この時期は、ユーモアと共に、ロボットの時代でもあったのだ。

ロボットの時代

ロボットという言葉は、カレル・チャペックの戯曲『R・U・R』（一九二〇）に由来している。この作品は日本でも大正十二（一九二三）年に、宇賀伊津緒訳『人造人間』（春秋社）として刊行された。またこの作品は、大正十三年七月十二日から十六日にかけて、築地小劇場で「人造人間」の題名で日本初演された。その一方、同年五月に

『見物左衛門』挿絵

『ロボット』

は鈴木善太郎訳『ロボット』（金星堂、〈先駆芸術叢書〉）も刊行されている。

ちなみにF・T・マリネッツィ「電気人形」は、神原泰が翻訳し、「人間」大正十年三月号に掲載された後、大正十一年に下出書店から単行本が刊行され、さらに大正十三年に金星堂から再刊された。これは鈴木善太郎訳版『ロボット』と同じ叢書中の一冊としてだった。

ダルコ・スーヴィンは『SFの変容』のなかで〈チャペックのSFは、「現在支配的な科学上の概念、未来に関する予測、テクノロジーの大盤振舞い」から生ずる「大きな社会的利害と社会集団の精神的問題」を題材にして書かれることになる――現代の大量生産の爆発的増大がちっぽけな人間におよぼす破壊的脅威を彼は見極めようとしたのだ〉（大橋洋一訳）と述べている。これは『R・U・R』だけでなく、チャペックのほかの作品、『虫の生活』（一九二二）、『山椒魚戦争』（一九三六）などにも当てはまるだろう。

『虫の生活』は擬人化した昆虫をとおして、人間の倫理観や社会行動を痛烈に風刺している。蝶は享楽に耽る有産階級の若者に、黄金虫や蟋蟀は功利的で感傷的なプチ・ブルに、そして蟻は軍国主義的に画一化される大衆になぞらえられた。この作品は日本では『世界文学全集38新興文学集』（新潮社、昭和四）に収録された。なお同書にはエレンブルグ『トラストD・E』

も収められている。

また『山椒魚戦争』は、知性を有する山椒魚が発見され、これを一種の奴隷として労働に従事させる話である。そうした人類の驕りと他者の搾取は、『R・U・R』同様に反乱と破局という結末へと至る。余談ながら本書には、日本が有色人種の代表として、肌の黒い山椒魚の代理・管理権を主張する場面がある。

ロボットというと、もうひとつ忘れてはいけないのは映画『メトロポリス』（ドイツ、ウーファ社）である。ドイツで一九二七（昭和二）年一月十日に公開されるや、世界的なブームとなった作品で、日本では昭和四年四月三日に封切られた。この間、T・V・ハルボウ、秦豊吉訳『メトロポリス』（改造社、昭和三）も出版されている（余談ながら秦豊吉は『西部戦線異状なし』の翻訳者としても知られ、丸木砂土の筆名でエロ・グロ・ナンセンス時代にさまざまな活動をした）。

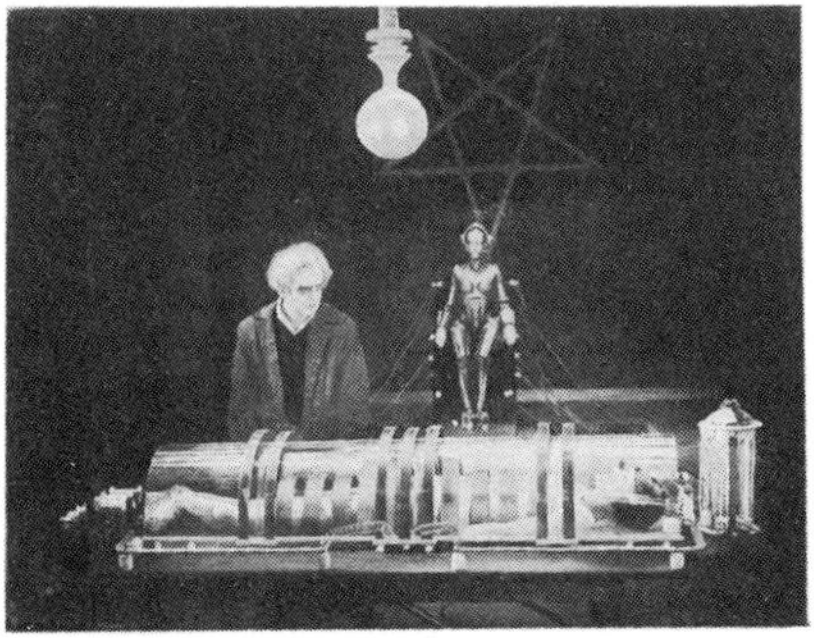
『メトロポリス』口絵写真（映画『メトロポリス』より）

日本でも、映画『メトロポリス』は、世界的ヒットを記録したが、日本でも公開前後から映画雑誌などが大きな記事を載せているほか、雑誌「新潮」昭和四年八月号が特集〈人造人間幻想〉を組み、川端康成「人造人間讃」、新居格「クリスタリンの人生観」、東郷青児「義手義足空気人形」、村山知義「人間征服」、北村喜八「夢と人造人間」などを載せている。

ちなみに『R・U・R』の「ロボット」は機械ではなく生命体であり、その意味ではフランケンシュタインの系譜に属する。一方、『メトロポリス』はメタルボディの機械であるにもかかわらず、人間の恋愛感情を激しく刺激する対象として描かれていた。そういえばリラダンの『未来のイブ』(一八八六)に登場するアンドロイドも、エジソン博士が発明した機械であるにもかかわらず、理想の恋人として人間の感情を刺激する。

その後の名称の浸透・用例を見ると、人造生命体だったはずのロボットが「人型機械」として、メタルボディだったはずのアンドロイドが「柔らかな肌を持った人造人間」というイメージで用いられるようになっていくという倒錯がある。あるいはもしかしたら、当時の人々にとっては、金属の滑らかな質感は、老化していく生物の肌よりも美しい、永遠の生命をイメージさせるものとして感受されていたのかもしれない。森川嘉一郎は、現代のおたくが「萌え」の対象とする美少女キャラの肌の質感を「セル画肌」と表現し、その嗜好の起源を手塚治虫マンガにさかのぼって説明しているが、メタルボディ美女は十九世紀にはすでに「つるつる肌」を輝かせていたのだ。ちなみに『未来のイブ』は、日本では昭和十二(一九三七)年に渡辺一夫訳が白水社から刊行されている。

円本ブームと高踏書物出版熱

大正後期から昭和初期(西暦でいえば一九二〇年代)の出版状況を考えるうえで重要なのは、円本ブームの存在だろう。

『露西亜現代文豪傑作集3』（大倉書店、大正九）にはソログーブ「毒の園」（昇曙夢訳）が収録されているのはやや古い例だが、前述の『メトロポリス』は円本のひとつ〈世界大衆文学全集〉から刊行されている。同全集には『海底旅行（ヹルヌ）・宇宙戦争（ウエルズ）』やハガード『洞窟の女王・ソロモン王の宝窟』といった巻もある。『現代ユウモア全集』も円本の一種だった。

円本ブームは日本の経済発展につれて急速に増加した新中間層を中心にした人々の、教養主義的要求に合致して成功した。これに対して、本当の知識人を自任する人々のあいだでは、プライベート・プレスによる高踏的出版熱が高まった。その代表のひとりに日夏耿之介がいる。英文学者で詩人の日夏は、大正六年に第一詩集『転身の頌』（光風館書店）を刊行したが、ゴシック趣味の薫り高い作品が多く収められている。ところがこれは限定百部の実質的には私家版出版であり、戦前から稀覯本として名高かった。同じく幻想怪奇の芳香高い詩集『咒文』（昭和八）は限定百七部、ポー『大鴉』の翻訳出版（昭和十）も限定百三十部である。

さらに日夏が関係した雑誌も、読者を選ぶタイプのものが多い。大正元年から同四年まで出した「聖盃」（途中から「仮面」と改題）や、大正十三年から昭和二年にかけて出された「東邦芸術」（途中から「奢灞都」と改題）などもそうだが、極め付きは昭和に入ってから出された「遊牧記」全四冊（各号六百数十部を超えず、うち局紙本三十五部、贈呈用本若干部、他は無漂白の木炭紙本）と、「戯苑」全二冊（巻之一・限定三百部、巻之二・限定二百部）だろう。これらの雑誌は、その内容はもちろん、活字の種類や字組、用紙に至るまで、日夏の美意識を強く反映している。余談ながら中井英夫の『虚無への供物』には「遊牧記」の局紙本が五冊、机の上に載っているという記述があるが、四・五号は合併号なので四冊で揃いである。

どうして、こんな薀蓄を書いているかというと、「戯苑」「遊牧記」などには、日夏耿之介が企画する幻の出版案内がはさまれていて、そのラインナップが驚異的だからだ。たとえば〈荒唐奇譚叢書目録〉には、ホレス・ヲルポオル『オトラント城』、同『母公秘罪（院本）』、ヰリヤム・ベックフォード『哈利発ワデック伝』、クララ・リイブ『古英国男爵』、アン・ラドクリフ『双城記』、同『獅子里亜綺譚』、同『林中記』、同『ウドルフォ城怪異譚』、同『伊国人』、同『ガスコ・ド・ブロンドヸユ』、同『聖オルバン寺』、法師ルウイズ『桑門』、同『恠異譚歌集』、タマス・ダ・クインジイ『クロステルハイム』、チャアルズ・ブロックデン・ブラウン『モルモオス漂泊録』、タマス・ホオプ『アナスタシウス』、フランシス・マリヤット『幽霊船』、リットン卿『ザノオニ』、アマデウス・ホフマン『悪魔の霊液』、ドラ・モット・フウケエ『ウンディイネ』、ジャン・パウロ『カツエンベルゲル博士浴泉記』、ジャック・カゾット『恋の悪魔』、シャルル・ノディエ『トリルビイ物語』ほか、数十冊の書名が並んでいる。

これこそ幻想文学への薀蓄を傾けた、学匠詩人の面目躍如たるものだろう。ちなみにこの内容は、個々の本は戦前に出されたものもあるが、全体としては戦後もだいぶ経ってからの牧神社や国書刊行会の『世界幻想文学大系』や『ゴシック叢書』によって、ようやく実現されるものだ。それらの企画に携わった紀田順一郎・荒俣宏は、平井呈一を媒介者として、精神的にも人脈的にも戦前の英国怪奇文学趣味と結んだ、その正統な後嗣だった。

ついでに愛書趣味的余談を記しておくと、日夏耿之介や堀口大學の戦前限定出版本には発送用の外箱が付いていることがあり、たとえば『大鴉』のそれには〈これは輸送用の函です。お手元に届きましたら廃棄してください。御家蔵に当つては桐箱などを御造りになつて下さい〉という張り紙がしてあった。戦後の早川書房が刊行した〈ハヤカワ・ミステリ〉〈ハヤカワ・SF〉の函にも〈お手元に綺麗なままの本をお届けしたくこんな簡単な函をつくってみましたいわば包装紙がわりです　お買上げ後には捨てて下さい〉と書かれていた。リアルタイムで本を買い、この指示に従って素直に函を捨ててしまったために、後になって「あーっ」と叫んだオールドSFファンは多い。

現代ではおたく文化が隆盛で、その経済的価値が政府からも注目されるに至っている。その中心にはアニメやゲームなどが位置しているが、もともとはSFファンの活動が基盤にあったことは、おたく第一世代にとっては体感的に記憶されているところだ。そして、さらにその源流をたどると、大正・昭和初期の愛書趣味とダイレクトにつながるラインがあったのである。これはまた、大正教養主義と現代おたく文化の底流に、共通の日本的心性を探るヒントを提示するものでもあるだろう。

第八章

「新青年」時代から戦時下冒険小説へ――海野十三の可能性

「冒険世界」から「新青年」へ

大正期のSFシーンにとって最大の出来事は雑誌「新青年」の創刊だった。江戸川乱歩をはじめとする探偵作家たちをデビューさせ、一九二〇年代の都市文化をリードしたことで名高いこの雑誌は、「冒険世界」の後継雑誌として創刊された。

大正八（一九一九）年一月に「冒険世界」編集長に就任した森下雨村は、当初からこの雑誌の全面リニューアルを考えていた。そして一年後の大正九年一月、「新青年」を創刊する。ただし当初は、「冒険世界」の系譜を引いて、都会派雑誌というよりは地方青少年を主な読者対象とした雑誌で、移民情報や翻訳小説などを載せていた。そのなかで、特に探偵小説が人気を集めたことが、「新青年」が探偵雑誌・モダン・ボーイのための雑誌となってゆくきっかけだった。ところで雨村は、当初から探偵小説のみを強く推奨していたわけではなく、科学小説にも関心を寄せていた節がある。創刊号に桐野声花「長篇科学小説世界の終わり」、樋口麗陽「第二次世界大戦日米戦争未来記」を連載させていることからも、その嗜好が感じられる。この時期はまだライバル誌「武俠世界」が出ており、「冒険世界」以来の読者を引き付けておきたいという希望もあったのかもしれない。探偵小説が人気になってからも、C・フェザンディの科学小説を載せたり、ウエルズ作品を積極的に紹介したりしている。

「新青年」が本格的に探偵小説を前面に押し出すようになるのは、日本人の書き手が登場するようになってからだった。「新青年」は大正九年に懸賞小説の募集を行い、同年四月号に当選作として八重野潮路（西田政治）「林檎の皮」を掲載した。以後、「新青年」の成功に刺激されて探偵小説雑誌・同人誌（「新趣味」「秘密探偵雑誌」「探偵文芸」「探偵趣味」「猟奇」など）が創刊されたこともあって、ファンが急速に増えていった。それと同時に、各誌は次々に懸賞小説募集を行い、多くの作家が誕生した。

その主な作家・デビュー作・掲載誌を列記すると、横溝正史「恐ろしき四月馬鹿」（「新青年」大正十年四月号）、角田喜久雄「毛皮の外套を着た男」（「新趣味」大正十一年十一月号）、水谷準「好敵手」（「新青年」同年十二月号）、江戸川乱歩「二銭銅貨」（「新青年」大正十二年四月号）、松本泰「P丘の殺人事件」（「秘密探偵雑誌」同年五月号）、甲賀三郎「真珠塔の秘密」（「新趣味」同年八月号）、葛山二郎「噂と真相」（「新趣味」同年九月号）、大下宇陀児「金口の巻煙草」（「新青年」大正十四年四月号）、城昌幸「脱走人に絡る話」（「探偵文芸」同年四月号）、夢野久作「あやかしの鼓」（「新青年」大正十五年十月号）などが挙げられる。数年のあいだに、今日までその名を轟かせている大家たちが続々とデビューしており、ジャンル勃興期の探偵小説の勢いには、改めて驚かされる。

探偵小説の歴史については、すでに多くの優れた研究書があり、本書ではとてもその全貌にはふれられないので、特にSFに関連の深い作家、作品について述べるにとどまるが、まず確認しておきたいのは、本格探偵小説を指向した作家たちによっても、科学小説は比較的好意的に受容され、創作も試みられていたということである。

かつての「冒険世界」は、冒険小説だけでなく、科学小説や怪奇小説など、面白いものなら何でも取り込む意欲と度量を持っていた。「新青年」が拓いた大正中期以降の探偵小説もまた、本格物だけでなく、変革探偵小説という形で、怪奇・幻想・科学・観念など、既成の純文学からも大衆文芸からもはみ出す異端的な表現を、すべて受け入れる自由度を持っていた。それがジャンルとしての探偵小説を限りなく豊かなものとしたのだった。思うに勢いのあるジャンルというものは、さまざまな周辺ジャンルを巻き込み、内包することで、優れた才能がますます引き寄せられ、時代をリードする潮流を形成することになる。それが明治後期には冒険小説だったわけだが、大正中期から昭和初期にかけては、探偵小説がその役割を担うことになった。

もっとも、多様な可能性を引き寄せた結果、多民族国家としての「帝国」がそうであるように、豊かな文化を生み出す一方、常に拡散の危機を抱えることにもなる。だから探偵小説界では、しばしばジャンルの中心をめぐる議論が戦わされることになった。初期の探偵文壇では、健全派対不健全派がいわれ、後には本格派対変格派、さらに本格派対芸術派のあいだで活発な議論がなされた。

これは戦後のSF界で、ジャンルが確立・浸透していく過程で見られた現象とよく似ている。

おそらくこうした議論は、ジャンル確立期には必要なものなのだろう。そして議論はジャンルの中心を決定するためではなく、議論を通してジャンルをさらに活性化させるという点でこそ有意義なものだった。また各作家たちは、議論を通して、自分たちが築きつつあるジャンルについて深く思いを致す一方、自分で自分のイデオロギーを超える作品を書くようにもなっていった。江戸川乱歩にしても、理論的には本格探偵小説を重んじながらも、自身の資質は怪異な耽美趣味の方向を向いており、そのジレンマに悩み続けることになる。その乱歩が、「不健全」な戦前探偵小説のイメージの産みの親となった。戦前の探偵小説界だったからこそエロ・グロ・ナンセンスの世界をも許容され、他の小説ジャンルでは見られない実験を、多くの作家たちが繰り広げることが可能だったのである。

ところで、乱歩のデビューに当たっては、小酒井不木《ふぼく》がこれを強く推薦した。東北帝国大学医学部教授だった不木は、犯罪学や和洋の異端文献に詳しく、初期の「新青年」に多くのエッセイを書いていた。編集長の雨村は、乱歩作品の完成度が高いことから、海外作品の盗用を心配して不木に読んでもらった。不木はこれがオリジナルであることを確認すると同時に、乱歩の才能に驚愕した。それまで不木は、日本はまだ創作探偵小説が本格的に生まれる土壌はなく、海外の優れた作品を紹介する時期だと考えていたが、乱歩の出現で、その認識を改め、やがて自身も探偵小説を書きはじめる。こうして探偵小説には、新しい気運が生まれた。

この時期、探偵小説には「純粋探偵小説（本格かつ純文学的で少数の理解者を読者対象とする）」か「大衆的探偵小説」か、という路線問題も生じていた。当時は文壇全体にとっても、純文学か

『恋愛曲線』

大衆文芸かという問題があった。大正教養主義によって、知的選良の純文学指向は強まったが、その一方でデモクラシー、社会主義の理念にしたがえば、大衆との連帯（平準化）は文学にも必要不可欠なはずだった。後者を指向した小酒井不木は、多くの読者を獲得して、その趣味を向上させることが、探偵小説の基盤を固めるために必要だと説いた。不木に兄事していた乱歩も、これにある程度同調した。大正十四（一九二五）年四月には乱歩、不木、甲賀三郎、水谷準、横溝正史、西田政治らが集まり「探偵趣味の会」が生まれ、同年八月には機関誌「探偵趣味」が創刊された。また同年十月、長谷川伸、白井喬二、直木三十五らが大衆文芸運動のためのグループ「二十一日会」を組織し、機関誌「大衆文芸」を発行したが、探偵小説関係者では小酒井不木と国枝史郎が創設時から参加、ややあって乱歩も、不木に誘われて加盟した。

不木は「大衆文芸」創刊号（大正十五年一月）に「人工心臓」を発表し、「新青年」大正十五年一月号に「恋愛曲線」を載せた。これらはいずれも、科学としての医学の進歩が人間の幸福に結びつかず、むしろ人間感情との齟齬から悲劇が生まれる様子を描いた作品だった。

電気雑誌――もうひとつのSF雑誌の系譜

探偵小説が急速に発展をしつつあった時期に、それとはまったく別の方面でも、新しい文芸運動がはじまろうとしていた。海野十三（本名・佐野昌一）らが企画した〈科学大衆文芸運動〉である。

大正十四年七月、日本放送協会東京放送局（ＪＯＡＫ）のラジオ本放送がはじまり、その影響もあって、科学雑誌、ラジオ雑誌が続々と創刊されていた。

海野は早稲田大学理工学部の出身で、学生時代から本名のほかに様々なペンネームを用いて、各種の雑誌に科学解説や科学マンガ（多くは一コママンガ）を描いていたが、昭和二（一九二七）年、早稲田時代の先輩である槙尾赤霧、早苗千秋と共に、科学雑誌「無線電話」誌上に「科学大衆文芸欄」を設け、科学小説の執筆・普及を図る運動を展開する旨、宣言したのだった。

実際に「大衆科学文芸欄」に発表された作品は、次のとおりだ。

・昭和二年三月号
「或る科学者の清談」槙尾赤霧
「地下の秘密」早苗千秋
「遺言状放送」海野十三（注：海野十三の筆名で活字になった最初の科学小説）
「興太特許審査室」栗戸利休（注：これも海野十三の別名）

「無線標金事件」関口英三

・同年四月号

「霊は漂ふ」早苗千秋

「三角形の恐怖」海野十三

「大学教授多和田と死人」槇尾赤霧

「火星の人」(三) ラルフ・ストレンガー、村松義永訳

・同年五月号

「エリック・アーデンの臨終」槇尾赤霧

「科学者の凶務」早苗千秋

「火星の人」(四) ラルフ・ストレンガー、村松義永訳

・同年六月

「人間創造」早苗千秋

「火星の人」(五) ラルフ・ストレンガー、村松義永訳

この運動は、日本で最初の組織的な科学小説普及活動だった。ただし残念なことに、「科学大衆文芸欄」はわずか四ヶ月で終わってしまった。海野十三は後年、〈科学大衆文芸はどういふ反響があつたかといふと、「そんな下らない小説にページを削くのだつたら、もう雑誌の購読は止めちまふぞ」とか、「あんな小説欄は廃止して、その代りに受信機の作り方の記事を増

して呉れ」などといふ投書ばかりあつて、僕はまだ大いに頑張り、科学文芸をものにしたかつたのであるが、他の二人の同人たちがいづれも云ひあはせたやうに後の小説を書いてくれずになつて、已むなく涙を嚥んで三ヶ月で科学大衆文芸運動の旗を巻くことにした。実に残念であつた〉（『地球盗難』作者の言葉）と述懐している。しかし実際には運動は四ヶ月続き、またこの創作欄での活動に限って言えば、先に手を引いたのは海野のほうだったように見える。

短期間で終わりはしたものの、この運動の意味は大きい。また海野十三が書いた二つの初期作品は、それぞれSF史上意義深い内容のものだった。「三角形の恐怖」は、三角形という図形への観念的恐怖を扱っているが、そこにはアヴァンギャルド芸術運動の影響が見て取れる。空間と意識をめぐるテーマは、同時代的にはモダニズム文学とSFをつなぐものであり、SF史的には戦後の安部公房において開花する作風の祖形と見ることができる。そして「遺言状放送」は原子力の平和利用（不老不死をもたらす生命エネルギーへの変換）の開発が失敗して、制御不能となって核爆発を招き、ひとつの惑星が滅亡する有様を描いている。新元素・新技術が不老不死を目的に開発されるという図式は明治期の『科学小説ラヂユーム』と共通しているが、平和的核開発もまた惑星滅亡規模の惨劇を招くという内容は、世界的なSF史のうえからも注目すべきものだ。

ちなみに、あとの二人の同人も創作をやめたわけではなく、早苗千秋は戦後に至るまで断続的に探偵小説を発表しており、槇尾赤霧はこの運動の前後にも科学小説の創作や翻訳を発表している。レイ・カミングス「電波科学小説征服者タラノ」（「無線と実験」大正十五年十月号〜十二月号）であり、ウエルズ作品の翻案「透明人間」（「キング」昭和三年十月号〜十一月号）などである。
槇尾赤霧はカミングス「四次元の世界へ」の翻訳も「発明」（昭和二年二月号〜十二月号）に連載しているが、この作品はカミングス著、田中掬水訳「科学小説第四元の中へ」として「無線と実験」（昭和三年六月号〜十二月号）にも連載されている。四次元という概念は、アインシュタインが一九〇五年に発表した特殊相対性理論のなかで、絶対的な時間や絶対的な空間という古典物理学の考え方に疑問が生じた過程で提示したものだった。その後、数学者のミンコフスキーが「四次元時空」として、はっきりと提唱し、科学者はもちろん、モダニズムの思想にも決定的な影響を与えていた。海野十三の「三角形の恐怖」にも、その影響を読み取ることが可能かもしれない。

ここでモダニズム文学と科学小説の関係についても一言、付け加えておきたい。一九二〇年代の文化に詳しい海野弘は、モダニズム文学について〈都市生活の描写と都市文明へのアイロニカルな批評の部分において、今日なお意味を持っていると思う。さらにモダニズムは、新しい都市風景を描く文体を持とうとした。その新しい表現は、文学的なものにとどまらず、科学、経済学、社会学、ルポルタージュの方法に対して開かれていた〉（『モダン都市東京』）と述べている。実際、モダニズム文学の旗手・龍胆寺雄には「乙女を誘拐した人造人間の話」（昭和四）という作品もあり、両者の関心は確実に重なっていた。

科学小説というと、当時は（今も？）情緒のない即物的で機械的な描写ばかりの、非文芸的な小説ジャンルだと思われがちだが、実態はその逆なのではないか、と思うことがある。たとえば海野十三が「成層圏」とか「音速」と書く時、それは単に地学的・数学的な記述ではなく、その実態への豊かな体感的想像を帯びた、その意味ではロマンチックな響きすら持っていたはずだ。それが科学的想像力の乏しい読者には共有されず、科学小説の描写を即物的なイメージでしか感受されなかったのではないだろうか。私は自分の科学的空想力の限界を反省しつつ、そのように思うのである。

〈大衆科学文芸〉運動にやや遅れて、科学雑誌「科学画報」が、〈探偵味に堕しない純科学的なもので、而かも文藝味豊かな革命的創作を望む〉という主旨の下、懸賞科学小説募集（昭和二年十一月十五日締切）を行った。その結果は同誌の昭和三年一月号に発表され、入選作の木津登良（後の那珂良二）「灰色にぼかされた結婚」、島秋之介「呪われた心臓」、北井慎爾「第二世界戦争」が掲載された。海野十三もこのコンテストに応募したが、その作品「壊れたバリコン」は選外佳作にとどまった。

ところで小酒井不木は、アメリカで「アメージング・ストーリーズ」が創刊（一九二六）されるや、早速これを取り寄せている。そして日本でもSF専門誌を発行する計画を、当時、「科学画報」「子供の科学」などの発行人を務めていた原田三夫と共に練った。不木と原田は、中学以来の友人だった。不木は原田から海野十三という新人のことを教えられ、

「子供の科学」昭和７年９月号

新雑誌が創刊できたら、彼を参加させることを考えていた。しかしこの計画は、昭和四（一九二九）年四月に不木が亡くなったために立ち消えとなってしまった。もしこの時、SF専門誌が創刊されていたら、日本のSF史はまったく違ったものとなっていただろう。

なお「科学画報」は昭和五年にも懸賞科学小説募集を行った。同誌の昭和五年九月号に掲載された入選作には、稲垣足穂「P博士の貝殻状宇宙に就いて」、伊藤整「潜在意識の軌道」、中河与一「数学のある恋愛詩」、龍胆寺雄「軽気球で昇天」、小関茂「物質と生命」、那珂良二「イザベラの昇天」、阿部彦太郎「バチルスは語る」と、そうそうたる名前が並んでいる。石川喬司は、これを〈SF史を語る上で洩らせないエピソード〉（『SFの時代』）と指摘している。

一方、海野十三は、科学雑誌に書いた別の作品で横溝正史に注目され、「電気風呂の怪死事件」を「新青年」昭和三年四月号に発表して、本格的な作家デビューを果たした。以後、海野はしばらく同誌を中心に、理化学的なトリックを用いた探偵小説の書き手として活躍するようになる。

江戸川乱歩は、海野がミステリーではなくサイエンス・フィクションを指向していることを、かなり早い時期から正確に理解していた。乱歩は昭和十年の『日本探偵小説傑作集』序文のなかで、海野十三について〈処女作のほかに「麻雀殺人事件」「省線電車の射撃手」「爬虫館事件」などを主要作品と見るべく、その大部分は理化学的トリックを中心とするものであつた。彼は一方ではウエルズ風の空想科学小説に犯罪小説あるいは探偵小説を結びつけたと見るべき多くの作品を発表してゐる点で、唯一の異色ある作家であつて、その主要作品としては「振動魔」「俘囚」「キド効果」「赤外線男」などをあげることが出来る〉と述べている。ここで乱歩が、従来から使われていた「科学小説」ではなく、「空想科学小説」という新造語で海野を評価したことは重要だ。欧米の最新小説事情に詳しかった乱歩は、海野の作品が世界的水準の先頭に立つSFであることを看過しなかったのである。

　海野は執筆の舞台を、大衆雑誌や少年誌に広げながら、「防空小説空襲葬送曲」「地中魔」「火葬国風景」「人間灰」など、探偵小説の要素を帯びながらも、本格SFから幻想SFまでの多様なSF的技法を駆使した作品を描き続けた。しかし一般読者には、まだ空想科学小説＝SFは理解され難く、海野十三は変格探偵作家として位置づけられることになった。

　それでも、戦後のSF第一世代は、少年期に海野作品を読んでSF的思考の面白さに目覚めたといい、大江健三郎や北杜夫も、海野の『火星兵団』などに熱中したと述べている。

百花繚乱の探偵小説界

　話題を昭和四年に戻すと、この年の四月一日に小酒井不木が亡くなったが、探偵小説界は翻訳・創作共にますます活況を呈した。この年だけでも、平凡社が『ルパン全集』『世界探偵小説全集』を出し、改造社は『小酒井不木全集』を出したほか、『日本探偵小説全集』を刊行、春陽堂も『探偵小説全集』を出している。乱歩は『孤島の鬼』『蜘蛛男』などの成功で、大衆的な人気も高まり、その作品はよく芝居やラジオ劇にもなった。探偵小説は、ラジオと相性がよかったらしく、乱歩以外の作品もよくラジオ劇になった。ちなみに浜尾四郎の『博士邸の怪事件』は、探偵小説であると同時にＳＦでもあるが、この作品は日本放送協会東海の開局記念放送のために書き下ろされ、「犯人当て」の懸賞が出された。この本の初版は、一般的には昭和六年九月の新潮社版だと思われているが、それに先立って同年六月、日本放送協会東海支部から刊行された文庫版が元版である。浜尾四郎は第四章でふれた加藤弘之男爵の息子として生まれ、浜尾子爵家に養子に入った人物で、元検事・弁護士らしい法律の知識に加えて、理工学トリック、さらには空想科学的なトリックにも関心を持っていた。

昭和八年頃から、探偵小説界に新しい気運が動きはじめた、と乱歩は回想している（『探偵小説四十年』）。京都で純探偵小説同人誌「ぷろふいる」が同年五月に創刊された。同人誌とはいえ、この本は書店に並んだ。新たな、有力な書き手も登場した。前述の浜尾のほか、木々《きぎ》高太郎、久生十蘭、小栗虫太郎、夢野久作などが相次いで登場したのだ。

木々高太郎は本名を林髞といい、本業は慶応大学医学部教授（生理学者）だった。木々が小説に手を染めたのは、海野十三の勧めによる。ふたりは雑誌「科学知識」の発行元でもあった科学知識普及会の会合で知り合った。木々のデビュー作「網膜脈視症」は精神分析と視覚異常を扱った作品であり、後に「或る光線」「消音器」『緑の日章旗』などの科学小説を書いた。

久生十蘭は昭和四年に渡仏して、パリ高等物理学校と国立パリ技芸学校に学んだ変わり種で、帰国後は新劇活動に取り組む傍ら、旧友の水谷準の誘いで「新青年」の常連寄稿家となった。そして昭和十年の『黄金遁走曲』を皮切りに、『金狼』『魔都』などの名作を連発した。久生作品にはたいていＳＦ的香りが漂っているが、特に「地底獣国」（昭和十四）は明確なＳＦであり、

「黒い手帳」（昭和十二）などには、後の荒巻義雄の初期作品にも似た味わいが感じられる。

しかし昭和十年前後の探偵文壇の話題をさらったのは、小栗虫太郎『黒死舘殺人事件』と夢野久作『ドグラ・マグラ』だろう。これらは共にロンブローゾが提唱した生来性犯罪者説を下敷きにした作品である。現在でも、犯人の人物像を統計的に割り出すプロファイリングが犯罪捜査に利用されているが、生来性犯罪者説は逆転したプロファイリングであり、「このような人間は犯罪者になりやすい」という予見を合理化する学説である。誤った偏見を生む恐れがあるとして、一九二〇年代には医学界では否定されていたものだが、犯罪学者の一部には、根強い支持者が残っていた。

小栗も夢野も、これが疑似科学であることを承知のうえで小説のモチーフとして利用した。『ドグラ・マグラ』では、生来性犯罪者説は、個人を抑圧する「近代知」の象徴として扱われている。またこの小説は、小説が円環的構造をとっていることに加えて、作中人物のありようもまた漂泊的もしくは円環的であり、中心を欠いている。そもそもこの作品中では、人間精神の中枢系による抹梢・末端支配を否定し、すべては相互の循環・円環的構造であるとする仮説理論が語られる場面があり、近代合理主義・集権支配への違和感を強く打ち出していた。

夢野久作は大正十五（一九二六）年に「あやかしの鼓」で「新青年」に登場して以来、「押絵の奇跡」「死後の恋」「瓶詰地獄」など、幻想怪奇的色彩の濃厚な作品を多く手がけ、「人間レコード」のような明確なSFも書いている。

一方、小栗虫太郎は本格的なトリックで才気を発揮する一方、「有尾人」「大暗黒」「天母峰」

「畸獣楽園」などの〈人外魔境〉シリーズや「地軸二万哩」『成層圏の遺書』『成層圏魔城』などの冒険SFも得意とした。

このほか、渡辺啓助の『聖悪魔』や赤沼三郎の「悪魔黙示録」など、探偵小説でありながらSFとしても高く評価したい作品には、枚挙に暇がない。

こうした華麗とも混沌とも言い得る多様な作風の林立状況は、本格志向の強い作家からは苦々しく見えたとしても不思議はない。甲賀三郎は昭和十（一九三五）年に「ぷろふいる」誌上で「探偵小説講話」を連載し、本格探偵小説擁護論を展開したが、〈その論調は偏狭に失し、「本格作家以外のものは探偵小説壇から退場せよ」というような口吻すら感じられたので、探偵文壇全体として同感よりはむしろ反感を感じたものの方が多かった〉（乱歩『探偵小説四十年』）という。甲賀の批判は乱歩にも及び、乱歩は評論「芸術派本格探偵小説」でこれに応じ、やがて甲賀三郎と木々高太郎のあいだで本格・芸術論争が繰り広げられることになった。

この探偵小説の全盛期には、商業誌と同人誌の中間に位置するような形態の探偵小説専門誌が、いくつも生まれた。前述の「ぷろふいる」（ぷろふいる社、昭和八年）に加えて、昭和十年「探偵文学」（探偵文学社）、「月刊探偵」（黒白書房）、昭和十二年「探偵春秋」（春秋社）などが、しのぎを削った。

このうち、「探偵文学」は蘭郁二郎、中島親、大慈宗一郎らが発行していた雑誌で、創作では主に蘭の幻想的作品が注目を集めた。

蘭郁二郎は、平凡社版『江戸川乱歩全集』（昭和六〜七）が月報型付録としてつけた「探偵趣味」の〝掌編探偵小説募集〟に応募した「息を止める男」でデビューした。これは息を止めて死の淵に遊ぶマゾヒズムを描いた作品で、乱歩から〈陶酔のある点で、蘭君の作に最も好意を感じる〉と評価された。また蘭の最初の長篇小説「夢鬼」は、サーカスの空中ブランコの少年が、不思議な予知夢に操られるようにして、自分を弄んだ美少女を殺害し、さらにそのなきがらと共に空中から飛び降りる物語で、暗黒的な幻想味あふれた作品だった。当初、蘭は探偵作家のなかでも幻想派として注目された。

　ところで「探偵文学」は同人誌の常で、まもなく財政難に陥り、昭和十年三月号から十一年十一月号まで発行して終刊となった。ただし蘭がいろいろと奔走して、十二年一月からこれを「シュピオ」と改題し、海野十三、木々高太郎、小栗虫太郎の三人が編集して継続することになった。蘭も編集助手として残り、やがて共同編集者に名を連ねることになるが、ここでの活

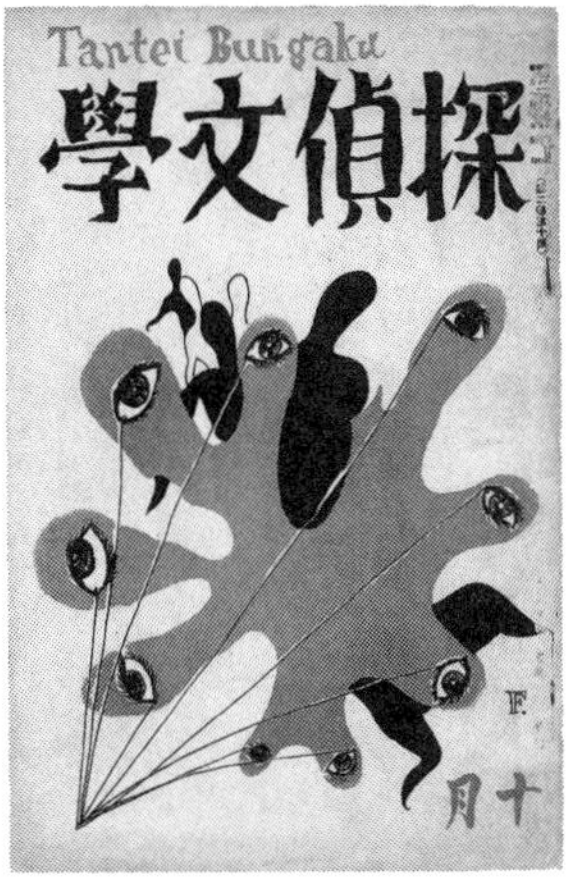

「探偵文学」昭和11年10月号

「シュピオ」昭和12年1月号（改題創刊号）

動を通して、蘭の作風は、それまでの幻想的なものから、科学小説へと転換する。蘭を指導したのは、主に海野だった。「シュピオ」は昭和十三年四月号で終刊となった。

軍事科学小説とSFへの模索

江戸川乱歩は『探偵小説四十年』(昭和十三年三月)の項で、次のように書いている。
〈「シュピオ」四月号にて廃刊。(註、以下貼雑帳に書いてあるままをしるす)一、二年前には四種をかぞえた探偵小説専門雑誌も、これを最後として全滅した。時勢のためである。「新青年」もこのころから探偵小説誌の色彩を益々薄め、やがて十六年度あたりからは、全誌面から探小の影を見ぬに至ったのである〉

たしかに大陸で戦火が拡大するにしたがって、探偵小説は次第にふるわなくなっていった。この間の事情を大下宇陀児は〈探偵小説は今度の事変で大きな影響を受けた。即ち取材の範囲が狭められ、従来の探偵小説を可なり濃厚に特徴づけていたところの或る種のデカダン性が排撃されたため、作家の仕事は相当窮屈になつた。一例を挙げれば、江戸川乱歩は今年は筆を断つて休むと云つてゐる〉(「探偵小説界」、「日本読書新聞」昭和十五年三月一日号)と書いている。

第二次近衛内閣が成立し、国家総動員法が施行されると、文学や美術といった表現の分野にも、国益にしたがっての統一的活動が求められた。そんな風潮のなかでは、探偵小説は犯罪を取り扱う退廃的で遊戯的な小説であり、最も「旧体制」的だと断じられた。探偵作家の多くは、防諜(スパイ)小説や戦争小説、冒険小説、科学小説などに転じ、また大政翼賛会下に組織された文芸振興会に所属して、従軍記者となる者もいた。
探偵小説に代わって隆盛したのが、軍事冒険小説だった――と一般には信じられている。乱歩も〈中にも海野十三君が最も出色であった。彼は「新青年」に日米未来戦という風の科学戦争小説を書いて大いに世評を博し、又、少年科学小説で甚だふるった。私の少年ものは影をひそめ、探偵作家の少年ものでは海野君が最も歓迎せられ、それについで蘭郁二郎君の少年ものがよく読まれた。そういう戦争ものなどを書いていた関係から、探偵作家のうちでは、海野君が軍部などに対して、最も発言力を持っているようであった。探偵作家の従軍を斡旋したのも海野君であったように感じている〉（『探偵小説四十年』）と書いている。

しかし探偵小説の禁止や総動員体制促進が、直ちに軍事冒険小説の隆盛につながったわけではない。大衆文学研究家の會津信吾は〈旧憲法下では、「出版法」「新聞紙法」にもとづく内務省の検閲が認められていた。検閲の対象は「安寧」と「風俗」に二分され、前者の基準には「戦争徴発の虞《おそ》れある事項」が含まれている。未来戦記はこの項目に照らし合わせチェックされる〉（『昭和空想科学館』）と指摘している。軍事小説もまた、軍部から睨まれていたのである。

海野十三は昭和七年に、すでに「防空小説空襲葬送曲」を著し、東京が空襲に見舞われる場面を描いたが、これが軍部に不評で、増刷禁止（事実上の発禁処分）になっている。この作品で海野は、最後に秘密兵器を登場させ、日本の逆転勝利で物語を閉じている。しかしその取ってつけたようなハッピーエンドは、現実にはそのような乾坤一擲の逆転勝利など起こり得ないことを、かえって強く読者に印象づける。このように、「ある世界」を書くことによって、その逆の状

「人造人間の秘密」（『［科学冒険］地球要塞』偕成社、昭和16年所収）挿絵

況をイメージさせるのは、日本ＳＦが得意とする手法だった。

　また海野十三が軍事科学小説を熱心に書いていたのは、探偵小説が禁じられた近衛新体制以降ではなく、それ以前の時期だったことにも注意しなければならない。海野は『爆撃下の帝都』（昭和七、「空襲葬送曲」改題改稿）、「空襲下の日本」（昭和八）、「空ゆかば」（同）、「愛国防空小説空襲警報」（昭和十二）、『流線間諜』（同）、「機械兵士」（昭和十二）、「軍用鮫」（同）、『軍用鼠』（同）、『東京要塞』（昭和十三）など、主に国土防衛を主題にした作品を、探偵小説の全盛期に執筆していた。そして大陸での事変（実態は戦争）が、さらに拡大の様相を濃くしていくにしたがって、海野の冒険科学小説は、現実の戦争よりもヴェルヌ的な空想やウエルズ的な空想の方向に向かっていく。それが「大空魔艦」（昭和十三）、「怪塔王」（同）、「火星兵団」（昭和十四）、「第四次元の男」（昭和十五）、「人造人間の秘密」（同）、「地球盗難」（同）などだった。昭和初期に日本の敗戦や空襲の危険性を描いた海野は、戦時体制が強まるにしたがって、来るべき日米戦の戦意高揚ではなく、宇宙や異次元との戦いを描くようになっていたのである。

一方、より現実的な軍事冒険小説で人気を集めた平田晋策や山中峯太郎も、戦前の時期には発禁にならないよう、配慮しながら作品を書いていた節がある。

平田晋策は大正期には左翼活動に従事して暁民共産党事件で検挙され、その後軍事ジャーナリストとなった人物で、昭和四年頃から、対米戦争を念頭に置いた軍事評論をしきりに発表していた。小説では『昭和遊撃隊』（昭和九）、『新戦艦高千穂』（昭和十～十一）がよく知られている。山中峯太郎は元陸軍士官で、大正二年に軍籍を離れて大陸にわたり、中国の第二革命に参加した人物だった。『敵中横断三百里』で人気を博し、『亜細亜の曙』『大陸非常線』『空襲機密島』『大陸動員令』など、多くの軍事冒険小説を書いている。『万国の王城』（昭和六～七）とその続編『第九の王冠』（昭和八）は、義経＝ジンギスカン説を取り入れた軍事ＳＦ伝奇小説である。この時期、大陸と日本をつなぐ血族が登場する伝奇小説が、いくつか書かれている。そういえば平山壮太郎（蘆江）の『13対1』（昭和七）は日本・ユダヤ同祖説を取り入れた伝奇ＳＦだった。

昭和十年代には、近未来予測型の軍事冒険小説が数多く書かれた。それらには秘密兵器や地政学的空想、あるいは戦争の「隠された意図」などをめぐって、多少ともＳＦ的要素が見られる。しかしこの時期、軍事冒険小説以外にも、少数ではあるが注目すべき動きがあった。ひとつは直木三十五がＳＦに強い関心を抱いて、そのジャンルを開拓しようとしていたことであり、もうひとつは杉山平助が現実社会への批判を秘めた風刺ＳＦを書いたことである。

直木三十五は菊池寛の友人で、直木賞は文藝春秋の菊池が、早世した友人を記念して設けたものであることは周知のとおりで、戦後SFはしばしば直木賞の候補に挙げられながら、遂に受賞に至らなかったこともまたよく知られている。しかしその直木三十五自身は、「一九八〇年の殺人事件」（昭和四）、「夜襲」（昭和五）、「科学小説第一課」（同）、『太平洋戦争』（村田春樹名義、昭和六）、「ロボットとベットの重量」（同年）などの科学小説を著し、晩年には科学小説をライフワークにしようと考えていたのである。

また杉山平助は「文藝春秋」や「朝日新聞」で、長らく時評や人物評を書いていた人物で、鋭い風刺には定評があった。杉山の『二十一世紀物語』（昭和十五）は、太平洋戦争が間近に迫った時局に書かれたとは思えない、人を喰った作品である。主人公は現代（当時）の社会に受け入れられない作家の卵と女優志望のダンサー。ふたりは百年後になれば、世の中が自分たちに追いつくだろうと考えて、時間旅行を試みる。その方法は、カメを助けて竜宮に行き、ウラシマ効果で未来に行くというもの。ユーモアで相対性理論を活用しているあたり、侮れないものがある。百年後の二十一世紀にやってきてみると、第二次世界大戦は終わっているものの、間もなく第三次世界大戦がはじまりそうな世相で、今度の大戦では地球滅亡が危惧されていた。そんななか、世界中の科学者たちが北極に集まり、兵器以外の純粋な科学研究を行うための科学都市を建設していた。科学都市の人々は、過去から来たふたりを囲んで、百年前の社会についてあれこれ質問するが、二人は賢くないので過去（当時の「現代」）についてロクな説明が出来ない。そこで科学者たちは、ふたりに馬鹿を治す薬を飲ませる……。このほか、食糧問題解決のために鯨の養殖場があったり、透明人間の侵入を防ぐために竹の棒で空中を叩いて歩いたりと、どたばたの要素が多いものの、〈太陽系の二三百ぐらゐのものが、一時に生卵を砕くやうに、滅茶々々にされてしまふ〉ような「宇宙震」などというアイディアも登場して、SFとしての水準も高い。杉山自身は、この作品はH・G・ウエルズ型の小説ではなく、ジョナサン・スイフト流の風刺小説だとしているが、この自作解説からは逆説的に、社会風刺だけを目的にしているわけではなく、やはりSFを意識していたことが窺われる。

戦時下の科学小説――原子爆弾と宇宙へのまなざし

昭和十六（一九四一）年十二月八日、遂に太平洋戦争がはじまったが、開戦から一年程度のあいだは、戦況は日本に有利に進んでいると多くの国民は信じていた。この間、国策に基づいて、日本精神を賛美する声は一段と高まった。

「文学界」昭和十七年十月号誌上では「近代の超克――文化総合会議」と題する座談会が行われ、西洋物質文明への漠然たる超越が語られた。この座談会の司会は河上徹太郎で、西谷啓治・小林秀雄・林房雄・亀井勝一郎・三好達治らが出席していた。その席上、科学哲学者の下村寅太郎は「機械を作つた精神を問題にせねばならぬ」と述べたが、その真意を理解した読者は少なかっただろう。昭和初期から戦時中にかけて、政府はしきりに「科学する心」という標語を唱えていた。しかしその内実は科学精神とは無縁な、国策遵守の質素節約、代用食料や代用生活品の勧めにすぎず、科学的合理性に基づいて不合理な政策や軍事・行政システムを批判することなど不可能だった。

戦時中、海野十三は海軍報道部後援組織「くろがね会」の理事に名を連ね、従軍記者として南方を旅して、『赤道南下』などの従軍記を書いた。また「ビスマルク諸島攻略記」「若き通信兵の最期」などの戦争実話も書いている。したがって海野十三の戦争協力を指摘するのは誤りではない。しかし、それにもかかわらず、純粋な小説としての国策翼賛的な軍事科学小説を書いていないことは、重要である。

その代わりに海野が書いたのは、〈金博士シリーズ〉であり、「宇宙戦隊」だった。〈金博士シリーズ〉は、国籍不詳の天才的奇人科学者の軍事的発明が巻き起こす珍騒動を、ブラックユーモアを交えて描いたものだった。そして「宇宙戦隊」は、人類が宇宙人との戦いのために協力し合う物語だった。これは戦時下の制約を考えれば、精一杯の「自由な表現」だった。

大下宇陀児は『百年病綺譚』を書いているが、これは日本戦勝の百年後を舞台にした物語である。それは端なくも、太平洋戦争の勝利が想像できないことを告白するものでもあった。海野も大下も愛国者だったが、冷静に考えれば日本に勝ち目がないことを知っていたのである。

蘭郁二郎も『太平洋爆撃基地』(昭和十七)、「熱線博士」(同)、「超潜水母艦」(同)、「海底兵団」(同)、「姿なき新兵器」(同)、「海底紳士」(同)、『太陽の島』(昭和十八)、「新日本海」(同)、『南海の毒盃』(同)、「爆発光線」(同)などの科学小説を続々と発表したが、昭和十九年一月五日、台湾で飛行機事故に巻き込まれて死亡した。

これらのほか、戦時中に発表された重要な作品にふれておくと、竹村猛児「試薬第六〇七号」(昭和十七)、那珂良二『海底国境線』(同)、『非武装艦隊』(同)、耶止説夫『大東亜海綺談』

（同）、『太平洋部隊』（同）、寺島柾史『海底トンネル』（昭和十八）、南洋一郎『海底戦艦』（昭和十九）、伊東福二郎『要塞島出撃』（同）、南沢十七『海底黒人』（同）などが挙げられる。異色なところでは、戦後に「不思議小説」で知られることになる三橋一夫が、昭和十六年に掌編小説集『第三の耳』『抜足天国』『帰郷』の三冊を自費出版している。これは出征前に、戦死することを考えて、自分が生きた証を残そうとしたものだったという。

ところで戦時中の科学小説には、しばしば原子爆弾が登場している。なかでもよく知られているのは、北村小松『火』上・下（昭和十七、初出は前年）だろう。小松左京はこの作品をリアルタイムで読んでおり、当時の印象を後に〈北村小松さんがねえ……戦争が始まる直前に、小学生新聞で「火」というあれを書いたんです。あの中に原子爆弾という話が出てくるのです。マッチ箱ひとつくらいのもので富士山を一つ吹き飛ばせるという。〉（「ＳＦマガジン」昭和五十三年八月号、矢野徹氏との対談）と回想している。

当時の日本では、日本軍が秘かに新兵器「原子爆弾」を開発しているという噂が流れていた。実際、軍の指令を受けた理化学研究所などが研究を行ったが、資源・資金が不足しており、机上の検討の域を出るものではなかった。

それでも小説のなかでは、耶止説夫『青春赤道祭』（昭和十七）、立川賢「桑港けし飛ぶ」（昭和十九）、守友恒「無限爆弾」（同）などが、原子爆弾を描いている。そして現実には、原子爆弾は日本ではなくアメリカによって開発され、想像を絶する惨劇をもたらすことになった。

第九章　科学小説・空想科学小説からSFへ

海野と乱歩は対立したのか

原子爆弾という科学技術による途方もない破壊の後、太平洋戦争は日本の敗戦で終わった。終戦の際、海野十三や大下宇陀児が自殺を考えたことが知られている。彼らは日本が勝てないことは予測していたはずだが、それでも自国が他国の占領下に置かれるのは受け入れがたかったのだろう。もっとも、海野も大下も、まもなく執筆活動を再開した。みんな生きなければならなかったし、戦後の日本にこそ「科学する心」ではない本当の科学精神が必要だった。

戦時中は隠遁状態にあった江戸川乱歩も、戦争が終わると疎開先から東京に戻り、執筆活動を再開した。乱歩邸には探偵作家志望の若者や愛好者たちがしきりに訪れるようになり、個人の家では手狭になったために、昭和二十一（一九四六）年六月、「宝石」の発行元・岩谷書店の事務所があった川口屋銃器店二階広間を会場として、第一回の同好者の集まりを開いた。翌月の会に出席した大下宇陀児が、土曜に開くのだから土曜会としてはどうかと提案し、「土曜会」

が発足した。やがて土曜会の事務所は交詢社ビルのイブニングスター社に移り、東洋軒を会場として継続し、昭和二十二年六月に探偵作家クラブへと発展した。会長は江戸川乱歩、専任幹事・水谷準、会計幹事・海野十三、渡辺啓助（発足時には会計が決まらず、会長兼任となったが、間もなくこの二人に委嘱された）、幹事には大下宇陀児、横溝正史、野村胡堂、延原謙、木々高太郎、城昌幸らが名を連ねていた。「新青年」初代編集長で作家の森下雨村は名誉会員の称号を得た。

土曜会の時代からガリ版刷の会報「土曜会通信」が発行されていたが、それも「探偵作家クラブ会報」へと発展・継続された。

そのクラブ会報第六号に、海野十三が寄せた「探偵小説雑感」は、ちょっとした物議をかもした。

〈本格探偵小説を尊敬するのは結構だが、面白くない探偵小説は一向に結構でない。そのような作品ばかり読まされては、たまったものじゃない。そういう風潮を薦めているものがあるとしたら、それは探偵小説というものを見誤っている者だろう。（中略）そういうことが分っていながら、若い作家たちを、そういう方向へ追い立てるような者があったら、その人は変態男であるといわれても仕方があるまい〉

これは本格物を推奨していた乱歩に対する、明らかな批判だった。

海野十三が、どのような意図でこの文章を草したのか、判断を下すのは難しい。探偵作家クラブそのものが、乱歩の私邸での集まりから発展したことからも分かるように、当時、乱歩の人気・権威は絶大だった。また会報に載せた以上、当然、乱歩自身が読むことを前提にしていたはずだ。

空想科学小説の発展に情熱を燃やしていた海野としては、探偵小説が本格一辺倒になり、変格物が発表の場を失うことに危機感を感じていたのかもしれない。また海野は、乱歩の魅力は怪奇幻想・異端耽美の変格的作品にこそ最大限に発揮されると考えていたので、乱歩自身がそうした作風を敬遠して、本格物の、しかも創作ではなく、分類や評論といった仕事に労力を費やしていることを残念に思い、あえて挑発的な書き方をしたのかもしれない。さらに想像をたくましくすれば、あらかじめ乱歩にも打ち明けたうえで、探偵小説の方向についての議論を盛り上げるために仕組んだものという可能性もある。探偵作家やＳＦ作家は、人間的に信頼している相手にこそ、鋭い舌鋒で真剣な議論を挑む傾向がある。

いずれにしても、この批判は二人の仲を裂くものとはならなかった。戦前から結核の持病を抱えていた海野は、昭和二十四年に亡くなった。江戸川乱歩は葬儀委員長を務め、心のこもった長文の弔辞を送っている。

手塚治虫――戦前と戦後の橋渡し

蘭郁二郎亡き後、海野十三は自分が夢見てきた空想科学小説を大成させ得る才能として、手塚治虫に大きな期待をかけるようになっていた。自分が健康だったら、この青年に東京に来てもらって自分が持っているすべてを与えたい、と妻に語っている。

昭和二十四年、海野が亡くなったため、海野と手塚は直接の師弟関係を結ぶことはなかった。

しかし手塚は海野十三に私淑し、その作品から強い影響を受けていた。伴俊夫によれば〈（少年時代の手塚は）火星兵団が連載された時などは、食事も忘れ学校に行くのも忘れて読みふけった〉（『手塚治虫物語』）といい、手塚自身も〈田河水泡と海野十三とは、ボクの一生に大きな方針をあたえてくれた人〉（『わが思い出の記』）と述べている。具体的には、「鉄腕アトム」が備えた七つの能力の多くは海野の「人造人間エフ氏」の設定と重なっており、手塚「火星博士」のピイ子は、海野十三「地球盗難」のアンドロイド・オルガ姫に影響を受けていると、手塚自身が発言している（『手塚治虫対談集３』）。なお、手塚における海野十三の影響関係については、霜月たかなか編『誕生！「手塚治虫」』収録のしおざき・のぼる、會津信吾の論考に詳しい。

奇しくも後に、日本ＳＦが隆盛し出した頃、石川喬司はその様子を次のように表現した。

〈漫画星雲の手塚治虫星系の近傍にＳＦ惑星が発見され、星新一宇宙船船長が偵察、矢野徹教官が柴野拓美教官とともに入植者を養成、それで光瀬龍パイロットが着陸、福島正実技師が測量して青写真を作成……。いち早く小松左京ブルドーザーが整地して、そこに眉村卓貨物列車が資材を運び、石川喬司新聞発刊、半村良酒場開店、筒井康隆スポーツカーが走り、豊田有恒デパートが進出、平井和正教会が誕生、野田昌宏航空開業、大伴昌司映画館ができ、石原藤夫無線が開局、山野浩一裁判所が生まれ、荒

日本版「アメージング・ストーリーズ」

巻義雄建設が活躍――〉（この評語にはいくつかのバリエーションがあるが、ここでは小松左京『SFへの遺言』より引用）

SF界全体がひとつの「惑星」に譬えられているのに対して、手塚治虫はひとりで「星系」であるあたりに、草創期SFの規模が表現されている一方、手塚ワールドと戦後SFのつながりの深さが偲ばれる。

戦後になると、戦前の科学小説とは断絶した形で、主にアメリカSFの移入から、本格的な日本SF準備期間に入った。アメリカの占領軍兵士が持ち込んだパルプ雑誌やペーパーバックのSFが大量に放出され、『怪奇小説叢書　アメージング・ストーリーズ』（昭和二十五）なども出た。戦後SFは戦前の科学小説とは断絶して、こうした米英SFの影響下で生まれた――と考えられがちだが、実際にはSF第一世代は戦前の海野作品などの面白さに気付いていたし、手塚治虫を架橋として、海野の精神と戦後SFはより明確につながっていたのである。

「宇宙と哲学」と科学小説創作会

もっとも、戦前の科学小説と精神的基盤でつながりを持った戦後SFが誕生するまでのあいだに、いくつかの別系統の「科学小説」創設の試みがなされた。

その代表が、科学哲学協会の運動だった。科学哲学協会は、信濃毎日新聞社の援助を受けて、雑誌「宇宙と哲学」を昭和二十一年三月に創刊し、科学小説の創作を促そうとした。以下に、その会則を紹介しておく。

〈日本科学哲学会・科学小説創作会（会則）

第一条　本会ハ「日本科学哲学会・科学小説創作会」ト称ス

第二条　本会ハ東西哲学一般・科学哲学・科学思想普及ビ科学小説ノ研究並ニ普及ヲ図ルヲ目的トス

第三条　前条ノ目的ヲ達スルタメ左ノ事業ヲ行フ

（一）「科学哲学研究所」ヲ設立スルコト

（二）研究会・講演会ヲ開催スルコト

（三）自然哲学・理論物理学・数学・天文学・理論生物学等ノ理論ヲ主題トスル「映画フイルム」ヲ製作スルコト

（四）「ロゴス学園」ヲ設立シ哲学・科学・数学・芸術等ヲ教授スルコト

（五）「ロゴス自由大学」通信教授ヲ行フコト

（六）雑誌『宇宙と哲学』ヲ刊行スルコト

（七）単行本ヲ出版スルコト〉

「宇宙と哲学」第6号・7号・8号合併号

日本科学哲学会の仮事務所は、長野県下高井郡中野町の上田光雄の自宅に置かれており、東西哲学・科学哲学・科学小説を教授する通信講座などを行い、文学士・理学士の資格を授与し

〈通信教授で得る本物の大学を目指す「ロゴス自由大学」も設けていた。「宇宙と哲学」には、〈通信教授で大学卒業の資格〉といった広告や、〈文部省で近く通信教育に学校と同一の資格を与へるといふ。ロゴス自由大学では、クロマゴグといふ特殊の指導を施すことは既に発表されてゐる通りであるが、こんど其の教授法を校内教授と同一の効力あらしむるため接触ゼミナリ式と云ふ新しい通信教授法を実施することに決定、近く開講する初頭からこの方法を採用することにした〉といった宣伝も出ている。

こうした壮大な理想を掲げた雑誌発行、通信講座機関には、本物の理想主義のほかに、往々にして詐欺まがいの商売というケースがあるのだが、幸い上田の試みは前者だった。

上田光雄は科学者で、戦火を避けて長野県に疎開したまま、昭和二十一年になってもまだ疎開先から動けずにいた。当時は、このように地方に疎開した作家や学者が地方の文化活動や同人誌を指導したり、進歩的思想を伝授する場面がよく見られた。上田は旧体制が崩壊したこの時期に、思想・科学・文学に跨る新たな文化運動を起こそうという理想を抱いていた。

ただし「宇宙と哲学」は長くは続かず、上田光雄はやがて大阪市立大学教授として関西方面に移ることになる。ちなみに上田は、矢野徹の義兄に当たる人物でもあった。昭和二十年代後半には、矢野徹と上田は互いに刺激し合いながら、ＳＦへの夢を培ったという。「宇宙と哲学」の寄稿者には湯川秀樹、石原純、桑木厳翼、下村寅太郎、賀川豊彦といった一流の科学者、思想家が名を連ねているが、これも上田の人脈、人柄を伝えているだろう。

「宇宙と哲学」第三号・四号・五号合併号には、海野十三が新たに顧問に加わる旨の消息が出ており、続く第六号・七号・八号合併号には海野の長篇科学小説『青い心霊』の原稿を受け取ったと記されている。ただし雑誌自体の休刊により、海野作品の掲載は実現しなかった。それでも、上田の試みは貴重なものだった。創刊号に載っている上田の随筆「科学哲学とは何か」から、彼の科学観がうかがえる部分を引いておく。

〈「科学哲学」(Wissenschaftsphilosophie)とは何であるか。我々は科学哲学といふ語を二つの意味に用ひる。その一つは、「自然科学的認識一般の哲学的批判の学」の意であり、その二は「自然に通ずる根本的原理の学」の意である。(中略)武運拙く「軍国」日本は壊滅したが、今や我々は文運強き世界一の「文化国」日本を建設して文化に勝たねばならない。従つて今後の日本青年は、従来の科学よりも一段と次元の高い原理に基づく新科学を創出せねばならぬところの要請に駆られてゐる。この時に当り、科学哲学を学んで、高次元の新科学開拓に邁進することこそ若き文化戦士に課せられたる最大の責務でもあらうと思はれる〉

このように考える上田が求める科学小説は、具体的には物理学者・朝永振一郎の「光子の裁判」(「基礎科学」第十一、十二号、昭和二十四)のような作品だったと思われる。戦後「科学小説」運動には、SF志向と科学啓蒙小説志向とが、まだ混在していた。

「星雲」創刊と日本科学小説協会

「宇宙と哲学」に次いで創刊され、戦後のSF専門誌第一号と呼ばれているのが、昭和二十九年に発行された「星雲」だ。発行人の太田千鶴夫は医師で、警察医を務めたこともあり、戦前

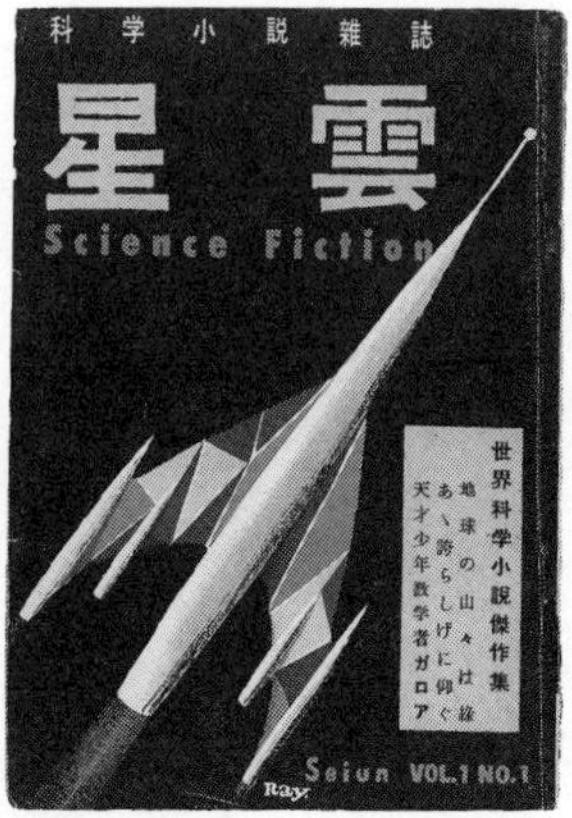

「星雲」創刊号

から「科学ペン」などに小説や随筆を書いていた。

「星雲」の発行元である森の道社の事務所は、太田の自宅に置かれていた。

「星雲」創刊号には〈米ソ科学小説傑作集〉（表紙では〈世界科学小説傑作集〉）と題して、ハインライン「地球の山々は緑」（雅理鈴雄訳）、クリス・ネビル「ヘンダーソン爺さん」（矢野徹訳）、ジュディス・メリル「ああ誇らしげに仰ぐ」（レイモンド・吉田訳）、S・アレフレイヨーフ「試射場の秘密」（西原濂史訳）が並んでいるほか、地球緑山「失われた宇宙爆弾」、横堀純夫「虹の入り江」、千代有三「白骨塔」といった創作、香山滋らの随筆も載っていた。

また創刊号には、次のような「趣意書」も掲載されており、その意気込みが伝わってくる。

〈日本科学小説協会誕生

米国では数千人の会員をもつ科学協会があります。日本でも十月に協会が発足しました。

ここにその趣意書を掲載します。

原子核分裂の成功は国際政治、産業、文化生活など地球上のいっさいのものに一大変化をもたらした大革命でありました。

科学に対する関心は一層切実なものとなりました。自然科学はさらにその進歩を停止しないでしよう。その躍進は人類想像力の無限のエネルギーによつて、さらに驚異となるでありましよう。やがて宇宙旅行が現実に行われ、人造人間は人類に奉仕する日がやつてくるでしよう。これは単なる夢想ではないと信ぜられてきました。

今日、日本において従来の小説が古いマンネリズムの環境感情と人間関係のなかのみに主題を求めているとき、あたらしい科学世界に基礎をおく科学小説がその開拓の領域を提供していることは当然といえましよう。

日本においても、従来科学小説が生まれながら、ついに文学上の伝統をこしらえ得なかつたのは全く悲劇といえましよう。日本が明治時代の革命的進歩精神を徐々に固定化し、ついに世界の国際的文化から落伍したのは、太平洋戦争の敗北が実証しているとおりであります。科学小説が単なる少年読物に堕したことも日本民族の精神の衰弱化のあらわれであるといつても過言ではありません。

諸外国、ことにアメリカ、ソビエットロシア、イギリス、スエーデンなどにおいては現在厖大な科学小説の作品量を制作し、そのあまたの諸傑作が読者人を瞠目させておりますことは、すでに御承知のとおりであります。科学小説を制作せんと志を同じくする者、相集りて日本科学小説協会を相結びたいと存じます。

何卒御参加下さるよう御願申し上げます。暗澹として絶望感さえ巷に漂つている現在、日本の窮乏国において、希望ある輝かしい科学小説が出現するなら、それは民族の誇りであり、やがて民族をいきいきとよみがえらせ、世界の科学小説への参加であり、かつ我々同志の誇りであると信じます。かさねて御参加を期待します。

役員

顧問　林　髞
　　　隅部　一雄
　　　高野　一夫
副会長兼理事　木村　生死
理事長　太田千鶴夫
理事　高松　敦
参与　竹本　孫一
　　　菅井　準一
　　　山田健三郎
　　　原田　三夫
　　　矢野　徹
　　　鈴木　幸夫
　　　長島　礼
　　　竜《ママ》胆寺　雄〉

ここには戦前から、探偵小説やモダニズム文学などさまざまな立場から、ＳＦ的手法に関心を寄せていた人々が名を連ねていた。

また木村生死は「文学としての科学小説」という論説を寄せ、自身のSF観を展開した。

木村はまず、当時厳しくいわれていた純文学と大衆文芸の区別の論拠を、哲学の有無におく。大衆文芸にも哲学がないわけではないが、それは最大公約数的に誰でも一応承認できる倫理観であり、〈大衆文芸の哲学は受動的であって、読者に考えさせるような能動的なエレメントは故意にか、自然にか、避けてあるもの丶ように感じられるかもしれない〉とする。そのうえで、〈ところが、文学というものを一層高い見地から眺めると、この『純』とか『大衆』とかの区別は読者というものを勝手に二分したおかしな、キザな分類法だともいえる。芸術作品は名作か駄作か二つに分ければい丶ではないかとも云える〉と批判に転ずる。

そして当時、科学小説を「子供の読み物」視していた人々を想定して、〈哲学を含む小説が『文学的』だと感じる人たちも、科学を含む小説は『深み』がないと云うかも知れない。宗教的苦悩の描写は『純文学』で、科学的発明に脳漿をしぼるのは皮相な問題でしかないと感じるかも知れない。しかし、こうした感じは文化系統の教育しか受けていない、伝統的哲学しか知らない文学青年の偏見でしかないのである〉と断ずる。さらに木村は、ハンス・ライヘンバッハらの科学哲学研究を引きながら、「科学」の思想的意味について語り、〈内容の空疎な、知性のない生活ばかりが小説の材料と見る偏見を捨てて、科学の無限の発展性を取り入れた偉大な小説の出現を持つ《ママ》ことが現代文学の道だとさえ思われるのである〉と結んでいる。「星雲」の意気込みは凄まじかったが、残念ながら営業的には不振で、創刊号を出しただけで頓挫してしまった。

空飛ぶ円盤研究会、「宇宙塵」（科学創作クラブ）、「科学小説」（おめがクラブ）

次のSF運動は、ユニークな集まりのなかから発生した。昭和二十年代には、世界的に未確認飛行物体（いわゆる「空飛ぶ円盤」）の目撃情報が相次いでいた。ユングはUFOに人間の内的不安の投影を見、核時代の集合無意識の産物とする仮説を提示したが、その一方で宇宙人とのコンタクトを夢想する人々も現れた。

日本でも昭和三十年七月に、空飛ぶ円盤を研究するグループの設立準備がはじまり、昭和三十一年七月に「日本空飛ぶ円盤研究会」が発足した。この研究会には、作家の北村小松や徳川無声らが顧問として参加し、荒正人、新田次郎、畑中武夫らが特別会員に名を連ねていた。作家の黒沼健、石原慎太郎、三島由紀夫、作曲家の黛敏郎らも発足当初から会員に名を連ね、SF関係者では星新一や、やがてSF専門同人誌「宇宙塵」を創刊する柴野拓美も初期からの会員だった。

科学史研究家の新戸雅章は、当時、UFOに関心を持っていた人々の動きについて、次のように述べている。

〈UFO運動に関る勢力が、大きく科学派とコンタクト派に二分されていたことはよく知られている。科学派はUFOの実在をひとまずカッコに入れて、できる限り科学的な方法でこれにアプローチする。一方コンタクト派はUFOの実在はおろか宇宙人との〝コンタクト（会見）〟まで認めた上で議論を進めようとする。

『宇宙塵』の創刊当時、科学派には前出「日本空飛ぶ円盤研究会（ＪＦＳＡ）」や高梨純一の「近代宇宙旅行協会（ＭＦＳＡ）」があり、オカルト派には久保田八郎、松村雄亮らの「宇宙友好協会（ＣＢＡ）」があった。初めのうち一定の距離を保ちながら友好関係を保っていた両者は、やがて不倶戴天の敵同士として反目しあうようになる〉（「ＵＦＯ運動と日本ＳＦの起源」、「幻想文学」二二号、一九八八年）

だいたい海外のＵＦＯマニアはオカルト派がほとんどで、アメリカには空飛ぶ円盤を神からの啓示と見做す新興宗教さえあった。そこまでいかないまでも宇宙人に救世主のイメージを重ねるＵＦＯ信奉者は少なくない。とはいえ、新戸は、両派のメンタリティはそう隔たってはいなかったと見ている。

日本空飛ぶ円盤研究会代表の荒井欣一は、後年、自身が空飛ぶ円盤に関心を持った理由を〈その頃、国際情勢がたいへん険悪になって、いつまた世界戦争が勃発するかわからんといった状況になってきた。こういう険悪な情勢を打開し、平和な状態に戻すにはどうしたらいいだろう。ここでもし地球を監視している第三者的存在のＵＦＯというものの実在がはっきりすれば、たちどころに戦争はなくなるんじゃないか、そういう期待もあって、この円盤こそは、私たち人類の将来にとって貴重な存在なのではないか、とこう考えるようになったわけです〉（「ＵＦＯと宇宙」昭和五十三年十二月号）と述べている。こうしてみると科学派にとっても、ＵＦＯは原爆時代に登場した何らかの希望と映っていたことがうかがわれる。

それでも日本では、ＵＦＯを「科学的に」解釈しようとするファンが多かった。それは日本空飛ぶ円盤研究会が草創期のSF運動と連動していたことと無縁ではなかっただろう。外から見れば、空飛ぶ円盤もSFも同じように胡散臭いものと見えたかもしれないが、日本でSFを読んでいた「選ばれた」読者たちは、これを科学的に解釈するにせよ、心理学的に理解するにせよ、一種のフィクションとして楽しむ心の余裕を備えていたように思われる。

日本空飛ぶ円盤研究会の会合では、UFOの話のほかに、科学技術や文学など多様な話題が語られた。そんななかでSFの愛好家同士が接近し、SFグループを結成して創作同人誌を発行することが提案された。言い出したのは柴野拓美で、「自分も入れてください」と最初に名刺を出して挨拶したのが星新一だった。斉藤守弘、光波耀子、渥美凡、隠伸太郎らが続いた。その後、すでに著作があった瀬川昌男、草下英明らも参加を申し出た。さらに柴野の側から矢野徹に筆頭同人を頼み、その紹介で今日泊亜蘭《きょうどまりあらん》に会った。今日泊はすでに「おめがクラブ」という団体を作っていたが、柴野の会にも参加を申し出、柴野も「おめがクラブ」に加盟した。

こうして昭和三十一年のうちに二十人ほどの会員が集まって「科学創作クラブ」が結成され、翌三十二年五月に機関誌「宇宙塵」が創刊された。同人誌とはいえ、月刊ペースで発行され、評判を聞きつけたSF愛好者が続々と入会してきた。

奇しくもこの年、UFOに関心を持つ諸団体の連名で「宇宙平和宣言」が発表された。そのなかには、次のような一文があった。

〈対立混迷を続ける人類の現状では、彼らに応接する準備もできていない。今や人類一国家、一民族の立場をのり越えて、汎宇宙的な地球人としての立場よりすべてを考え、行動せねば

ならぬときであることを確信する〉

これは昭和初期の「新青年」的コスモポリタニズムに萌芽が見られた思想に通じるものであると同時に、太平洋戦争末期に海野十三が『宇宙戦隊』で唱えた人類一丸となっての対宇宙防衛という物語中の科白とぴったり重なるものでもあった。

ところで、「宇宙塵」創刊と相前後して、もうひとつのSF同人誌が創刊されている。雑誌「科学小説」だ。発行母体は前述の「おめがクラブ」だった。「宇宙塵」がSFを愛好する素人の集まりとして出発したのに対して、「おめがクラブ」はプロの文筆家を目指す人々の集まりだった。メンバーには、探偵小説・推理小説の周辺で、ある程度の実績を持っている人が少なくなかった。

今日泊亜蘭の回想によると、この仲間たちは、当時はいわゆる変格探偵小説的な扱いを受けていたが、自分たちとしては戦後の推理小説とはまた別なジャンルとしての空想科学小説に強い興味を抱いていた。そこで以前から相談に乗ってもらっていた渡辺啓助に顧問になってもらい、グループを作って、同人誌を出すことにしたという。

「科学小説」第一号には、渡辺啓助「ミイラは逃走する」、矢野徹「誘導弾X3号」、今日泊亜蘭「完全な侵略」、潮寒二「ホモ・ハイメノプテラ」、丘美丈

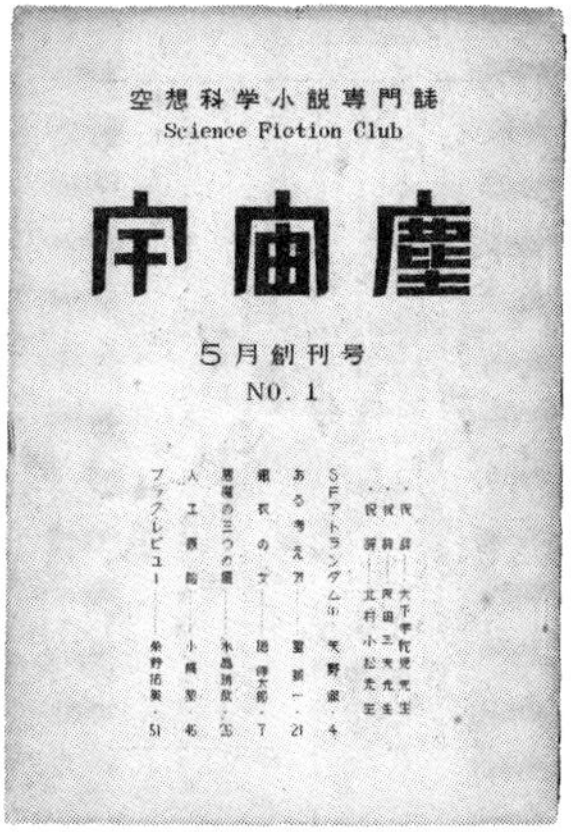

「宇宙塵」創刊号

二郎「電波公聴器」、夢座海二「惑星一一四号」、アルフレッド・コッペル「人工子宮」、浅見哲夫「万ヶ一の脅迫」などの作品が並んでいる。

「おめがクラブ」の「おめが」は、もちろんギリシャ文字のΩであるが、この文字が選ばれた理由には諸説あって、メンバーがよく集まったカレー屋の名前だったという説や、ミーイズムの反対に「おめえが」で「おめが」になったという説などがある。再び、今日泊の回想によれば、メンバーはみんな事務的な仕事が苦手で、会うたびに同人誌を出そうという話はするのに、誰も編集事務をやりたがらないし、出す金も貯まらない。「お前がやれよ」と言い合って、その「おめえが」をクラブ名にしたというしゃれだったという。

実際、グループとしての「おめがクラブ」は昭和三十（一九五五）年、「科学創作クラブ」よりも先に結成されていたが、同人誌の刊行は「宇宙塵」よりも後になってしまった。しかも「宇宙塵」が月刊という驚異的なペースで発行されたのに対して、「科学小説」は第一号が昭和三十二年十一月に発行された後、第二号が出たのは二年二ヶ月後の昭和三十五年一月というスローペースだった。第三号は、原稿は集まったのに、遂に発行されないまま終わってしまった。

もっとも、「科学小説」第一号掲載作品の多くは、「宝石」や「実話」に転載され、各作家たちはそれぞれに発表の場が得られるようになり、また科学小説（ＳＦ）も次第に世間に認知されるようになってきたので、同人誌を継続する必要が感じられなかったのかもしれない。

「宇宙塵」からも、次々と作家が誕生した。

「宇宙塵」第二号（昭和三十二年六月号）に発表された星新一「セキストラ」が、「宝石」昭和三十二年十一月号に転載された。この作品に付されたルーブリックで、江戸川乱歩は〈大下宇陀児さんが『宇宙塵』という科学小説の同人誌にのっている「セキストラ」を読めといって、しきりに推賞するので、わたしも一読して非常に感心した。（中略）これは傑作だと思った。日本人がこういう作品を書いているということが、わたしを驚かせた〉と述べている。ちなみに、大阪で父や兄弟と共に同人誌「ＮＵＬＬ」を出していた筒井康隆も、「宝石」に「お助け」が掲載されてデビューしている。このふたりは「ＳＦマガジン」以前に、乱歩によって認められた作家だった。

その後、星に続いて、「宇宙塵」の同人からは、小松左京、筒井康隆、豊田有恒、眉村卓、平井和正、光瀬龍、加納一朗、石川英輔、広瀬正などが次々とプロデビューしていくことになるが、彼らの活躍は後の話である。

ＳＦ系出版の胎動

ここで、戦後日本における海外ＳＦの紹介状況を確認しておきたい。

まだ日本が連合軍統治下におかれていた昭和二十五年四月に、『怪奇小説叢書　アメージング・ストーリーズ』（誠文堂新光社）が出たが、これは雑誌ではなく単行本形式で、全七冊が刊行された。まだＳＦという感覚ではなく、一般的にはちょっと変わったアメリカの怪奇物（カストリ雑誌的感覚？）と受け止められたようだ。ちなみに同社からは、ほぼ同じ装丁で、ウエスタン物の叢書も出ている。

ＳＦの翻訳が本格化するのは、進駐軍が放出したペーパーバックなどでアメリカＳＦにふれた人々が、その翻訳を志すようになってからだった。室町書房は昭和三十年に『世界空想科学小説全集』を刊行した。これを企画したのは平井イサクと都築道夫だった。この「全集」は、実際には第一巻・アイザック・アシモフ『遊星フロリナの悲劇』（平井イサク訳）と第二巻・アーサー・Ｃ・クラーク『火星の砂』（平井イサク訳）が出版されたのみで途絶えてしまったが、その表紙にはSCIENCE FICTIONという文字が刷り込まれており、表紙や背にはＳＦという略語も入れられていた。日本における「ＳＦ」出版の嚆矢といえる。

続いて昭和三十一年四月から元々社の『最新科学小説全集』が出はじめた。第一巻『宇宙航路』エル・ロン・ハバート、尾浜惣一訳、第二巻『人形つかい』ロバート・ハインライン、石川信夫訳、第三巻『発狂した宇宙』フレデリック・ブラウン、佐藤俊彦訳……といった内容で、当初は全十二巻の予定で刊行されたこの全集は、好評につき一～十二巻までを第一期、それ以降を増補して第二期十二巻（十三～二十四巻）まで継続することに企画変更された。ところが第二期の途中で頓挫し、けっきょく十八冊で終わってしまった。なお元々社は、この企画を引き継ぐものとして昭和三十二年に〈宇宙科学小説シリーズ〉全六巻を企画するが、こちらはＧ・コンクリン編『宇宙恐怖物語』とＦ・マッコーマース編『時間と空間との冒険』の二冊を出しただけで終わった。

ジュブナイル出版では、昭和三十年に石泉社から『少年少女科学小説選集』二十一巻（第二十二巻まで出ているが第十九巻は未刊）が刊行され、翌三十一年には講談社から『少年少女世界科学冒険全集』三十四巻が刊行された。

このように、戦後の日本では米英SFを中心に紹介が進み、次第に一般読者にもその概念が知られるようになっていった。

安部公房――孤高のアヴァンギャルドSF

ところで、SFというジャンルの存在が、まだ多くの日本人には知られていなかった頃、日本ではすでに世界的に見てもきわめてハイレベルのSF作家が活躍していた。安部公房である。安部は東大医学部在学中だった昭和二十二（一九四七）年、ガリ版刷で『無名詩集』を自費出版し、埴谷雄高の知遇を得、野間宏、岡本太郎、花田清輝らと「夜の会」を結成した。安部は昭和二十年代前半から、シュールレアリスムやSFの手法を駆使した作品を書いていた。小松左京は、『終わりし道の標べに』（昭和二十三）、「夢の逃亡」（昭和二十四）などを読んで、SFの「文学」としての本質に目覚め、安部が『壁――S・カルマ氏の犯罪』（昭和二十六）で芥川賞を受賞すると、我がことのように喜んで、周囲の文学仲間にSFの可能性を語った。小松左京は京大在学中から、高橋和巳らと同人誌活動をしていた。

その後も安部は短編集『闖入者』（昭和二十七）、『飢えた皮膚』（同）、長篇書き下ろし『飢餓同盟』（昭和二十九）、『けものたちは故郷をめざす』（昭和三十二）など、従来の日本文学の系譜から超越した作品を描き続けた。

そして安部は、岩波書店の雑誌「世界」昭和三十三年七月号から三十四年三月号にかけて、

〈長篇ＳＦ〉と銘打って、「第四間氷期」を連載。昭和三十四年七月に講談社から刊行したが、これは日本人作家の長編作品として最初に「ＳＦ」と銘打って出版された単行本だった。

安部公房については、日本ＳＦ草創期から意識的にＳＦ運動にコミットしていたにもかかわらず、今日に至るまで、ＳＦ作家として扱うことに違和感を覚える人も少なくない。たしかに安部公房は、戦後の多くのＳＦ作品とは異なる雑誌、レーベルで扱われた。文壇的にはＳＦというより、前衛的ないし超現実主義的な技法を駆使する、石川淳や花田清輝、埴谷雄高などに連なる作家と見られがちだった。

安部作品は、文章の細部を見ると散文的で、日本文学では例外的なほど明晰な論理的合理性を備えている乾いた記述が、しかし読者を幻想的な眩暈の彼方へと誘う。自分がどこに導かれているのか分からないという作中人物の不安を、読者はいやおうなく共有せざるを得ない。たとえば『燃えつきた地図』は、探偵小説にも似た設定ではじまるのだが、〈探し出されたところで、なんの解決にもなりはしないのだ。今ぼくに必要なのは、自分の選んだ世界。自分の意志で選んだ、自分の世界でなければならないのだ。彼女は探し求める。ぼくは身をひそめつづける〉といった転倒が語られる。安部作品では、しばしば謎を追っていた者は、いつの間にか自分自身が謎となり、探すものが探されるものとなる。すべては反転し、メビウスの輪のように循環するのだ。

安部公房が描く匿名的な世界は、時々垣間見える会社や家族や町の景色などから察するに、それでもやはり日本のものらしいのだが、どうにも無国籍的だ。これは安部公房が幼少年期を満州で過ごしたことと関係があるのかもしれない。安部自身、自分にとっての満州は、荒野や農地や遊牧地ではなく、あくまで人工的な都市であり、それも無国籍な都市だったと回想している。満州国は日本の敗戦によって事実上崩壊した。しかし、それにもかかわらず、人々はソ連軍が南下してくるまでは意外に変わらない日常生活を営み、商店では根拠を失った紙幣が流通し続けていたという。そうした経験のみから安部文学を語るのは不当なことだが、彼の感性に何がしかの影響を与えたことは間違いない。

無国籍な都市の繁栄と崩壊。追う者が追われる者となり、支配と被支配が反転する。彼は実際にそれらを体験していた。

もっとも、敗戦の日を境に価値観が反転する経験なら、すべての同時代の日本人が経験したはずだ。しかもそれは戦前が間違っていて戦後に正しい価値観がもたらされたといった単純なものではなかった。戦後の社会でも類似の転倒は幾度も起きた。そもそも「正しさ」をまったく含まない主張などない一方で、「正しさ」だけでできている主張もまた存在しない。

たとえばアメリカ占領軍の統治下に置かれていた戦後日本では、米国の方針によって当初は戦前体制の解体が進められ、戦後民主主義といわれる思想が育った。だが占領末期にはレッド・パージが行われるという思想の揺らぎが見られた。安部公房は明確なシンパシイを日本共産党に示していたが、その党もまた、一時期、武力闘争を容認する態度を取りながら、その後、方針転換する。しかし極左グループのなかでは、なおも武力闘争の可能性が探られ続け、左翼内のセクト争いは、保守派との戦い以上に激しいものとなってゆく。ところで「反米帝」「民族解放」のスローガンは、戦前の「鬼畜米英」を彷彿させはしないだろうか。資本主義体制への批判は、太平洋戦争にいたる戦前日本の主張と連結する危険はないのか。

これは日本列島をヤポネシアと呼び、太平洋の島々と同じ海洋世界の一員と見做す思想や、第三世界との連帯、なかんずく東南アジアとの協力関係強化を目指す構想にもいえる（東南アジアとの連帯は、反ベトナム戦争・アジア解放を訴える左翼活動からも、対米輸出以外の市場を見出したい経済界からも、それぞれ唱えられた）のだが、それらは善意の発想であるにもかかわらず、どこか戦前の大東亜共栄圏の発想と、似かよっている。結局のところ、「日本」という固有名詞は、すべてを「あの時」へと引き戻す。再び「あの時」と向き合うことを回避し続ける戦後日本は、メビウスの輪に囚われ、欺瞞の壁の前にたたずみ、自分の名前を喪失しているのではないか……。

これはパラレルワールド的に多元的に存在するであろう初期安部公房作品の起源の一面にすぎないが、このような回路に立つ時、安部公房は政治小説以来のSF的発想を批判的に継承した、もっとも正統な日本SF作家のひとりであることが明確になるだろう。もちろんほかにも、一九二〇年代のモダニズム文学が科学や社会学をも取り込みつつ目論んだ文体実験の完成者として位置づけるなり、『ドグラ・マグラ』などの変格探偵小説系の幻想小説（それはしばしば探偵と犯人、医師と患者が入れ替わる円環的な迷宮構造をとっていた）の延長上で評価することによって、安部公房の〈SF的正統性〉を強調することも可能なはずだ。

大江健三郎も〈『他人の顔』についていっても、ここにしばしばエピソード的に導入される朝鮮人についての考察をつなぎあわせると、それはわれわれと朝鮮人とのもっとも本質的なかかわりあいの問題へと開いてゆく扉にまで読者をみちびく。また、一九六三年に書かれたこの長篇小説は、おそらく米国の黒人暴動について本質的なアプローチの契機を備えた、わが国で最初の長篇小説であったとおもわれる〉（「安部公房的存在論」）と、安部公房の政治小説的側面を指摘している。

そんな安部公房が、初期のSF界を援護し、小松左京のデビュー作「地には平和を」を見出し、『日本アパッチ族』そのほかの作品を賞賛したのは、当然だった。しかしそれは、もう少し先の話、曲がりなりにも日本で「SF」を標榜する雑誌が定期刊行されるようになり、小松左京がデビューしてからの話になる。

ファンタジーかSFか――「SFマガジン」創刊前夜の揺らぎ

海外の推理小説翻訳出版を熱心に手がけ、昭和三十一年七月からは「エラリイ・クイーンズ・ミステリ・マガジン」（略称「EQMM」、昭和四十一年一月号から「ミステリ・マガジン」と改題）を発行するなど、すでにミステリー出版では特異な地位を固めていた早川書房が、〈ハヤカワSFシリーズ〉の刊行をはじめたのは、昭和三十二年十二月のことである。もっとも、当初はSFではなく〈ハヤカワファンタジイ・HF〉とされた。第一回配本は、ジャック・フィニイ『盗まれた街』（福島正実訳、解説・都築道夫）、カート・シオドマク『ドノヴァンの脳髄』（中田耕治訳、解説・都築道夫）の二冊。この当時、福島正実、都築道夫は早川書房の社員だった。

〈ハヤカワSFシリーズ〉はその後、フレデリック・ブラウン『火星人ゴー・ホーム』、レックス・ゴードン『宇宙人フライデイ』、リチャード・マティスン『吸血鬼』、フランク・ハーバート『21世紀潜水艦』と順調に点数を増やしたが、〈ハヤカワファンタジイ・HF〉の表示は、三十二冊目にあたる昭和三十七年四月刊行のレイ・ブラッドベリ『太陽の黄金の林檎』（小笠原豊樹訳）まで続き、次のH・G・ウェルズ『タイム・マシン（ウェルズ短編集2）』（宇野利泰訳）からは〈ハヤカワSFシリーズ〉〈SF〉のみの表示となり、以後の重版で先に刊行された三十二冊からも〈HF〉の文字が消え、〈SF〉に統一された。出版商品としての戦略が絡んだジャンル名をどのように定めるかをめぐって、「ファンタジー」と「SF」のあいだで揺らぎがあったことがうかがわれて興味深い（たぶんに営業戦略が絡んでいたらしい）。

「SFマガジン」創刊号

〈ハヤカワSFシリーズ〉で成功の感触を摑んだ早川書房は、福島正実を編集長として、新雑誌「SFマガジン」を創刊させた。昭和三十四年十二月に発行された誌は、「S－Fマガジン」と、SとFのあいだに「－」があり、誌名のうえに〈空想科学小説誌〉の文字が見られる（今でも同誌の表紙・奥付には、SとFのあいだに「－」があるが、同誌編集部自身、文章中では「SFマガジン」

と表記するのが通例で、本書もこの慣行にしたがう）。この創刊号には帯が付いていて、そこにも〈本邦初の空想科学小説誌〉の文字、〈現代の空想科学小説は、今日までの小説の形をやぶった、新らしい冒険と新らしい恐怖、新らしい諷刺と新らしい文明批評を展開する！〉の惹句、さらに安部公房の「空想科学小説の知的な緊張と冒険への誘いの衝突からうみ出されるポエジーは、単に現代的であるばかりではなく、同時に文学本来の精神にもつながるものだ」という推薦の言葉も刷り込まれていた。

ノンフィクション作家の最相葉月は『星新一――一〇〇一話をつくった人』のなかで、この創刊号の表紙絵に関して、興味深い指摘をしている。

〈福島は（表紙絵について）幻想的な作風で知られるフランスのジャン・カルズー風にしてくれないかと（画家の中島靖侃に）相談した。抽象的で何が描かれているのかわかりにくい絵から受ける印象は親しみやすさとはほど遠く、どちらかといえば暗く排他的であり、読者ターゲットを絞ろうとしているように思える。／ＳＦファンダムを意識し、エンターテインメントの要素を強くもつ大衆小説として発展したアメリカＳＦの雑誌と提携しながらも、日本の読者層には、他の文学形式では表現できない現代文学の可能性をＳＦに期待する、知的で文学好きの大人を視野に置いていた、といった矛盾がある〉

営業的成功（大衆へのアピール）と特権的な差別化の要求は、たしかに矛盾している。また、戦前から空想科学小説の伝統がすでにあり、弱小出版社からとはいえ、「星雲」という先行雑誌が出されたことがあるにもかかわらず、「新しい」「本邦初」を強調しているのも奇妙なことだ。とはいえ、こうした傾向は戦後の推理小説にも見られた。「新青年」を中心に戦前に隆盛した探偵小説は、戦時体制下では反社会的な文芸というレッテルを貼られて排斥され、事実上の発禁状態に置かれた。それが戦後になって、推理小説として復活した際には、知的で明晰な文芸として喧伝されるようになっていた。大衆的人気を博しつつ知的な読物として発展している推理小説界のあり方こそは、草創期のSF出版にとって範とすべきものだと、福島は考えていたのではないだろうか。

「新しさ」を強調したい福島は、戦前的なイメージを帯びた既成作家の渡辺啓助、香山滋などには、あえて声をかけずにこの新雑誌をスタートさせようとした。また同人誌である「宇宙塵」からも距離を取ろうとした。

「SFマガジン」創刊号によせた祝辞のなかで、安部公房は〈空想科学小説は、きわめて合理的な仮説の設定と空想という、きわめて非合理的な情熱の結合をめざすもの〉だと述べている。福島正実はSFを〈イマジネーションの文学の今日的な相〉〈科学・技術が、人間を否応なしに自己の中に取り込もうとするところに生ずる、どうにもならない空虚さ、退廃〉というイメージを抱いていた。これに対して「宇宙塵」の柴野拓美は〈人間理性の産物が人間理性を離れて自走することを意識した文学〉と捉えていた。日本SFは、その草創期から、多様な可能性と多様な目標を内包していたのである。

創刊号を手にしてシェクリイを読んだ小松左京は、〈ぶったまげた〉(『小松左京自伝』)という。小松はSFの手法を用いれば、社会批評や歴史の相対化を描く小説も可能だと感じた。

福島編集長は当初、新田次郎、北杜夫、倉橋由美子、高木彬光、佐野洋、多岐川恭などをSFに理解がありそうな作家とみて執筆を打診した。新田には『この子の父は宇宙線』があり、北は手塚治虫礼賛やSF肯定のエッセイを書いていた。倉橋は独特の乾いた文体で幻想小説を書き、高木は後に『連合艦隊ついに勝つ』などを書き、佐野は『透明受胎』、多岐川も『イブの時代』などを書くことになる。福島がこうした作家たちに目を付けた理由はよく分かるが、彼らは創刊直後の「SFマガジン」の願いには応じかねた。

けっきょく福島は、一線を画そうとした同人誌「宇宙塵」に声をかけ、その同人のなかから有望な者を「SFマガジン」で起用するようになっていく。柴野拓美も小隅の筆名で活躍することになる。

さらに新人発掘のため、「SFマガジン」は昭和三十六（一九六一）年に第一回空想科学小説コンテストを行った（後にハヤカワSFコンテストと名を変えて継続）。五百八十九作品が寄せられたが入選作はなく、佳作第一席に山田好夫「地球エゴイズム」、第二席に眉村卓「下級アイデアマン」、第三席に豊田有恒が入り、小松左京「地には平和を」が安部公房の推薦によって選外努力賞に選ばれた。このほか、最終選考には、野町祥太郎「宇宙艇発信せよ」、平井和正「殺人地帯」、小隅黎「宇宙都市計画」、宮崎惇「何かが後からついてくる」、小野耕世「ナポレオンの帽子」、加納一朗「アミーバ作戦」、光瀬龍「シローエ2919」などが残っていた。翌三十七年の第二回では小松左京「お茶漬けの味」、半村良「収穫」が入選となり、筒井康隆、朝九郎、山田好夫、豊田有恒が選外佳作となっている。今みると、綺羅星のごとき人たちが並んでいる。実際彼らは、まもなく続々と優れた作品を発表するようになっていく。ただし早川書房のコンテストは昭和三十八年に第三回が行われた後は、四十九年まで行われず、さらにハヤカワSFコンテストとして再開するのは昭和五十四年のことだった（平成四年の第十八回まで毎年開催）。

昭和三十七年には、ファン活動でも新たな動きがあった。五月に「宇宙塵」の主催で、第一回日本SF大会が開かれたのである。これは紀田順一郎らが「SFマガジン」同好会を組織し、柴野拓美らと語らって、その発会式と「宇宙塵」創刊五周年の合同記念会を開催するという話が発展したものだった。目黒公会堂で開催されたためにメグ・コンと称されたこの大会には、主賓として北村小松、大下宇陀児、渡辺啓助、福島正実が招かれたほか、手塚治虫や石森章太郎も参加した。二百人ほどのファンが集まったなかに、毎日新聞に勤務していた石川喬司、同人誌「NULL」を発行していた筒井康隆などもいた（この頃、当時高校生だった堀晃が同誌に参加している。かんべむさしが参加したのは第二次の「NULL」）。同年春には、すでに中部日本SF同好会（ミュータンツ・クラブ）も発足しており、第一回日本SF大会以降、「SFマガジン」同好会は、渋谷で例会「一の日会」を催し、同人誌「宇宙気流」を発行するようになった。その中心メンバーの紀田順一郎・大伴昌司らは慶應大学在学中に「恐怖セミナー」を発行し、ミステリー、SF、ホラー、映画などに幅広く関心を寄せていた。

ＳＦ批判と日本ＳＦ作家クラブ創設

昭和三十七年には、もうひとつ大きな事件があった。この年、三島由紀夫がかねてから興味を抱いていた空飛ぶ円盤をモチーフにした小説「美しい星」を雑誌「新潮」に連載したのだが、「朝日新聞」（昭和三十七年十一月三日）の「文芸時評」で、江藤淳は三島由紀夫の『美しい星』を賞賛した。しかしそれは〈ＳＦが通俗小説であることは、それが科学という固定観念を前提にしているからである。しかし、「美しい星」の中では、火星も、金星も、いわば占星術的な光を帯びて輝いている〉という文脈によってだった。私には「占星術的な光」を固定観念と見るなら分かるが、科学を固定観念とする思考は、理解できない。たしかに科学をめぐる固定観念（イデオロギー、思い込み）はあるだろうが、それは科学が固定観念であることを意味しない。社会をめぐる固定観念が蔓延していたとしても、社会が固定観念ではないのと同様に（だから、固定観念としての科学、つまり疑似科学の意なら分かるが、江藤はそうは書いていない）。いかに科学に無知でも、今日ではこのように書く知識人はいないだろう。しかし当時は、権威ある江藤淳の「文芸時評」で批判されたことに、ＳＦ関係者は深刻な危機感意識を抱いた。

ほかにも当時、〈外国の小学生が熱中するものに日本のおとながわれを忘れるような時代は……こないに決まっている〉（吉田健一）、〈Ｓの部分を――現在の科学の進歩に基いたものにし、それに近い将来はかくもあろうという程度のＦを加えた、そうしたＳＦであってほしい〉（矢野健太郎）など、ＳＦが評判になるにつれて、外部からの厳しい批判が増えており、ジャンルとしてのＳＦは、最初の試練に晒されていた。

福島正実は、プロとしてのＳＦ作家たちが結束する必要性を痛感した。昭和三十八年三月五日、新宿の台湾料理屋「山珍居」に、石川喬司、川村哲郎、小松左京、斎藤伯好、斎藤守弘、半村良、福島正実、星新一、森優、光瀬龍、矢野徹が集まり、日本ＳＦ作家クラブ発足のための準備会を開いた。会合の冒頭で福島は〈ＳＦをやっているということは、ともかく変わったことをやっている、いささかアブノーマルであるという意見が世の中にはまだ多い。ＳＦ関係者の誰かが慎重を欠く言動をすると、それがＳＦ界のみなの意見であり態度だと思われがちなので、非常に慎重な生き方が必要だと思う。世間の誤解に対応するためにも、ＳＦ作家クラブというものを作って、ＳＦに関する客観的で公正な見解を出せるような横の組織を作りたい〉という趣旨の発言をした。これに対して星新一は、大筋では同意しながらも〈ＳＦを広めるためには各方面からアプローチすることが大切で、ひとつの型にはまりかけている傾向が心配〉と、福島流の教条主義をやんわり批判している。

準備のための会議が何度か持たれ、規約が作られた。準備会から参加した十一人が発起人となり、まもなく全員一致で伊藤典夫、大伴昌司、筒井康隆、手塚治虫、豊田有恒、野田宏一郎（昌宏）、平井和正、眉村卓、真鍋博の九人の入会が承認され、昭和三十八年五月、日本ＳＦ作家クラブは会員二十名で本格的に始動した。会員たちは月に一回程度の割合で例会を持ち、親睦を深めると共に、互いに刺激しあって作品のアイディアを育てた。ところで、日本ＳＦ作家クラブの入会資格には、日本ペンクラブや日本文藝家協会、日本推理作家協会などに比べて、異色な点がある。準備会の討議段階では、「宇宙人お断り、馬も駄目、星新一より背が高くては駄目、小松左京より体重が多くては駄目、筒井康隆よりハンサムでは駄目」などといった、いかにもSF作家仲間らしいユーモラスな入会資格が提案されたりもしたのだが、実際には〈入会希望者は会員の推薦を受け、他の会員全員の支持を受けてはじめて入会できる〉と定められた。これは福島正実が、柴野拓美を入会させないために設けた条項だといわれている。実際、福島は〈SFのプロは、プロとしての自己と、そうでないものを峻別しなければならない――。／ぼくが、このとき、宇宙塵との確執を承知で、敢えてSF作家クラブの創設を強行したのは、大要右のような発想と思考プロセスからであった〉（『未踏の時代』）と言明している。

その一方で、発足の時点ですでに漫画家の手塚治虫や、星新一作品などの挿絵でよく知られるイラストレーターの真鍋博が迎えられていた。日本SF界はその当初から、活字だけでなくビジュアルな表現をも重視していた。SF作家は、この頃からアニメや特撮映画と縁が深く、東宝映画の『マタンゴ』はホジスンが原作だが、原案として星新一・福島正実が名を連ねており、「鉄腕アトム」「鉄人二八号」「エイトマン」「スーパージェッター」などのアニメには、平井和正、豊田有恒、筒井康隆などのSF作家が原作や脚本で参加した。またSF作家クラブは「アンバランス」（「ウルトラQ」の原型）の企画に携わり、ウルトラ・シリーズの成功につれて、大伴昌司は「怪獣博士」の異名を奉られるようになる。

だが、そのようなSFの広がりは、「真面目なSF」を望む人からは批判のまなざしを向けられもした。SF作家クラブ発足の年、もうひとつの論争が勃発したのである。きっかけは文芸批評家の荒正人の「科学小説の今後」（「読売新聞」昭和三十八年十一月八日）だった。そのなかで荒は、星新一が「SFマガジン」昭和三十八年十二月号掲載のインタビュー中で、〈私が唯一の本格派で他はみんな変格である（創作は学校の試験とは違う。模範解答がはじめからあると思うのはまちがいでしょう）〉と述べたのを引いて、星の仕事はこの言に反して、SFの正統を示そうという義務感も責任感も脱落していると批判した。また〈マンガ、テレビ、映画などからは、本格的SFは育たぬであろう。SFが定着するためには、SFまがいへの抵抗が必要である〉とし、「宇宙塵」に対しても〈（同誌に掲載されている）作品の貧しさも冷静に認識しなければならぬ。貧しさを非難しているのではない。本格SFの出発は、この貧しさの認識からである〉とも述べている。

荒はSFに好意的な批評家だと思われていただけに、SF界に衝撃が走った。早速、福島正実が反論を「読売新聞」に寄せ、さらに「SFマガジン」でも荒の主張を批判した。その後、石川喬司の仲介で対談を行い、直接意見交換をすることで事態は収拾に向かった。

ところで、冷静に荒の文章を読むと、これは厳密にはSF批判ではない、少なくともSF否定論ではないとも思われる。荒は〈SFから本格的要素を追い出そうと、心をくだいているのは、マスコミであろう〉と述べており、主旨としてはマスコミに乗せられて、SF作家やSF界が踊らされないよう忠告するのが真意だった。また〈今日の本格SFは、数千人の読者にささえられて、自分の根を下ろすべき時期なのである。一万人の読者など、幻想にすぎない〉との言は、SFを貶めてのものではなく、むしろ日本の読者レベルの低さを指摘したもので、大衆に迎合してSFの質を落とさないよう警告したものだった。

荒は「科学小説の今後」のなかで〈本格SFの自家製はこれからだ、といったが、それは必ずしも正確な言い方ではない。本格SFは、変格推理小説として存在していたからである。夢野久作、海野十三、北村小松には、そういうものが幾編かある。また、小酒井不木や木々高太郎にも、推理小説をかねた本格SFが何編かある〉と述べており、彼が考える「本格SF」がどのようなものなのかが、漠然とではあるが示唆されている。

ところで荒は、SFの歴史に関していくつかの事実誤認をしている。荒は〈サイエンス・フィクションは、昔から空想科学小説と呼ばれてきたが、近ごろでは科学小説といわれ、ついでSF（エス・エフ）という言い方に定着してきた〉とし、福島との対談でも〈空想科学小説という言い方なんですが、大正から昭和のはじめにかけての頃も、漠然とではあるが、つかわれていたように思うんですよ〉と発言している。しかし大正期に「空想科学小説」という語が定着した事実はない。明治以来、「科学小説」という語は頻繁に使われて来たことは、本書でも眺めてきたとおりである。海野十三や北村小松の作品にも「科学小説」という角書きが付けられていたし、昭和十年代に出版されたヴェルヌ作品やウエルズ作品にも、たいてい「科学小説」「科学探検」などの角書きが付いており「空想」の文字は見えない。

私は何も、今さら荒の事実誤認をあげつらいたいわけではない。むしろこの荒の勘違いには、SFに対する彼の思い入れの深さを感じると言いたいのだ。彼のなかには、書かれて欲しいと願う作品像に基づく、架空のSF文学史があったかのごとくである。

ところで、そもそも星新一の発言は、ユーモアによる表現だったのだが、荒がそれを誤読したのか、あるいは意図的に「文字どおりに解釈して誤解」して見せたのかは微妙だ。どうも日本の既成文壇には、ユーモアへの無理解ないしは嫌悪があり、それがSF作品を認識する上でひとつの障害になった節がある。SFでは、しばしば反語的な表現によって、作者自身が信じておらず、また望んでもいない世界を描くことがあるが、日本SFは、さらに冗談とも本気ともつかない表現で思想を相対化し、思考の硬直化を回避する手法が好まれた。そうした感覚が理解できるかどうかが、日本SFを受け入れられるかどうかのひとつの試金石だった。

『日本アパッチ族』から〈日本SFシリーズ〉へ

初期の日本SF界にとっては、批判にいちいち反論することも、ジャンルを守り育てるために必要なことだったのかもしれないが、ジャンルを隆盛に導くのは、なんといっても読者をうならせる作品の登場だった。

この頃、小松左京が書いた『日本アパッチ族』は、戦後の底辺生活のなか、屑鉄を拾って生活するうちに、それを食料とする人々が出現し、それがやがて人類と分化していくという話で、戦争の影を残し、社会主義革命と民族感情のアナロジーを大胆に取り込んだ作品であり、文学的にも社会的にもSFの価値を強く印象付ける作品だった。

巽孝之は『日本変流文学』で〈(発表以来数十年を経てもなお)『日本アパッチ族』が光っているのは、主人公自身が、ある瞬間より、屑鉄を消極的な意味で「苦い」と感じるような「存在論の限界」ではなく、むしろ積極的な意味で「うまそうだ」（第一章第一節一二頁）と思い俗悪なるものに美味を覚えるという「審美眼の革命」を表現している点、およびそうした一見被虐的な「審美眼の革命」こそは高度に建設的な「人類の超進化」をもたらす契機として思索されている点ではあるまいか〉と述べている。小松左京は、同時代の問題にコミットする場合でも、普遍的な課題に取り組むという姿勢を忘れなかった。

『日本アパッチ族』は昭和三十九年三月に光文社カッパ・ノベルスから刊行され、ベストセラーになった。ちなみにこの本の初版奥付を見ると、印刷所が異なる三種類のバージョンがある。コレクターなら、ちゃんと三種類の「初版」を揃えておかねばならないので、大変である。

ところで当時、大変だったのは福島正実だった。小松左京の初長篇が他社から出版され、しかもそれが大ベストセラーになったことで、励まされると同時に、SF作家たちの実力や社会的評価が、自分のコントロールを超えて成長していたことに気付かされて、複雑な衝撃を受けた。福島は小松左京や筒井康隆、星新一らに長編作品の書き下ろしを依頼した。

そうして編まれた〈日本SFシリーズ〉は、日本SF第一世代のひとつの到達点を示す記念碑的叢書となった。以下にその一覧を記す。

1『復活の日』小松左京（昭和三十九年八月）
2『たそがれに還る』光瀬龍（昭和三十九年十一月）
3『夢魔の標的』星新一（昭和三十九年十二月）
4『ＥＸＰＯ'87』眉村卓（昭和四十三年十二月）

5『人間そっくり』安部公房（昭和四十二年一月）
6『透明受胎』佐野洋（昭和四十年十月）
7『エスパイ』小松左京（昭和四十年六月）
8『48億の妄想』筒井康隆（昭和四十年十二月）
9『幻影の構成』眉村卓（昭和四十一年七月）
10『果てしなき流れの果に』小松左京（昭和四十一年七月）
11『百億の昼と千億の夜』光瀬龍（昭和四十三年三月）
12『モンゴルの残光』豊田有恒（昭和四十二年九月）
13『馬の首風雲録』筒井康隆（昭和四十二年十二月）
14『メガロポリスの虎』平井和正（昭和四十三年九月）
15『イブの時代』多岐川恭（昭和四十四年七月）
別巻『ＳＦ入門』福島正実編（昭和四十年五月）
別巻『ＳＦ英雄群像』野田昌宏（昭和四十四年二月）

また昭和四十三年には『世界ＳＦ全集』（早川書房）の刊行もはじまった。そこには石川喬司編『日本古典編』の巻もあり、日本ＳＦを文学史のなかで把握することが試みられている。

このようにＳＦ界が活況を呈し、優れた作品が相次いで書かれていたにもかかわらず、世間にはまだＳＦへの偏見が強く残っていた。典型的な例として、「朝日新聞」昭和四十二年八月二十五日付「標的」欄の「日本のＳＦ」という批評が引き起こした事件があった。

Xという匿名で書かれたこの一文は〈SFはなぜ、こうもつまらないものが多いのか。つまらないのに、なぜ、批判されないのか〉という挑発的な言葉で始まり、〈日本SFシリーズなどを読むと、出会うのは、新種の微生物登場、人類絶滅とか、地球が破滅するうんぬんと、またか、またかのパターンが多い〉と決めつけた。なかでも小松左京が標的だったらしく〈『復活の日』の作者などは、たとえば、エレンブルグの『トラストＤＥ』を読んでいるはずだから、自分の軽薄さに気付いていているはずである〉と手厳しかった。私には『トラストＤＥ』は歴史的価値の高い作品ではあるものの、Ｘ氏の理論に従えば、階級格差、陰謀史観、革命教唆の「またか、またかのパターン」であるように思えるのだが、この短文はＳＦ批判から転じて、〈問題意識が浅く、「フィクシャス」ではないＳＦ作家が、変革性の少しもない未来学に行くのは、当然のことである〉と結んでいる。

「未来学」は昭和四十年代に流行し、社会学者や作家に加え、財界人や政治家も参加した活動で、小松左京はその主唱者のひとりだった。この記事はＳＦ批判というよりも、未来学批判であり、さらにいえば社会主義以外の「未来」を探る動きを批判したもので、ようするに偽装された政治的言説だった。

小松左京は「朝日新聞」同年九月五日付の夕刊に反論「標的欄―「日本ＳＦに一言」」をよせたが、そのなかで〈私の作品を「軽薄」と決めつけるのに「トラストＤＥ」をひきあいに出されるような所を見ると、どうもあなたの「思想」に対する考え方が、おそろしく古めかしく、通俗的な感じがするのです〉と述べているのは、こうした背景を察してのことと思われる。

SFが「軽薄」だという言説は、小松作品が社会主義ないし共産主義の理想を信奉せず、世界を相対主義的に見ていることへの批判だった。たしかにSF作家は、場合によっては自己が信奉する思想であっても、これを相対化し、意味をずらして見せることが多い。ただひとつの理想を信奉して、一切の批判を禁ずる「真面目」な思考停止が何を生むかは、日本人なら太平洋戦争で体験したはずだという地点から、小松SFははじまっていた。

そしてこのような相対主義は、筒井康隆にも、光瀬龍や豊田有恒にも、共有されていた。光瀬龍の『百億の昼と千億の夜』は宗教を相対化し、豊田有恒の『モンゴルの残光』は歴史を相対化し、筒井康隆の『48億の妄想』は映像メディアや「現実を見ること」自体を相対化した作品ということができるだろう。

三浦雅士は『48億の妄想』を論じて〈筒井康隆はその出発の当初から現実というものの非現実性を執拗に追究してきた作家である。簡単にいえば、筒井康隆にはこの現実がいわゆる現実とは思えなかったのであり、おそらく現在も思えてはいないのだ。筒井康隆によれば、それこそ人間というもののありようなのだということになるだろう。現実というものの疑わしさを主題にした文学作品は数多いが、自然主義やその変型といってよい私小説においては皆無である。何であれとにかく現実に立脚しなければならないからである。筒井康隆がサイエンス・フィクションという分野に手を伸ばしたのはしたがって必然的であったといわなければならない〉(『メランコリーの水脈』)と述べている。

日本SFはタブーを設けずに、あらゆるものに懐疑のまなざしを向け、宗教にも思想にも歴史にも絶対的に身を委ねない徹底した批評精神を、ニヒリズムに陥ることなく抱き続けるという不断の努力を通じて、独自の発展を押し進めつつあった。そのような視点に立つ時、伝説化している彼らの熱狂的馬鹿騒ぎが持っていた意味もある程度察せられるし、冷戦構造が崩壊し、思想界でも相対主義が広まった一九八〇年代に、ＳＦがブームとなった理由も分かるだろう。だが、これは後の話である。

福島体制の崩壊、ファンダムの変容

昭和三十年代の日本ＳＦは、幾多の批判にもかかわらず順調に発展を続けていた。ＳＦ界にとって、より深刻な議論・対立は、外部からではなくＳＦ界の内部で生じた。「ＳＦマガジン」初代編集長として、福島正実が日本にＳＦを定着させるために献身的に努力してきたのは間違いない。しかしその一方で、福島は他の出版社がＳＦに手を出すことを嫌い、作家たちが自分以外の編集者と仕事をすることを嫌った。また福島は、しばしば新人作家に自分の好みを押しつけ、勝手に作品を改竄することもした。

東都書房が「東都ＳＦ」叢書の最初の単行本として、昭和三十八年に眉村卓の『燃える傾斜』を刊行した際には、福島は激しい反応を示した。眉村を早川書房の仕事から締め出すことすらした。

ちなみに東都書房は、ミステリーやＳＦに関心を寄せており、数年前に『日本推理小説大系』を刊行している。その第五巻には小栗虫太郎『黒死館殺人事件』、木々高太郎『網膜脈視

症』などのSF的作品が収録され、解説は福島と激論を交わした荒正人が執筆していた。また昭和三十七年には「東都ミステリー」叢書の一冊として、今日泊亜蘭『光の塔』も出した。

同じく「東都SF」から、豊田有恒が書き下ろし長篇を依頼されていると知ると、福島は豊田に東都の仕事をキャンセルするように迫った。そしてその作品を「SFマガジン」に持ってくるよう強要した。しかも長篇を短編に切り詰めるよう命じ、さらにその作品を掲載する際には、著者に無断で原稿用紙五枚分を削ってしまった。

福島はSF界の教師を以て任じていたらしい。だが、育てた生徒が自分を乗り越えていくことを認め、喜ぶことができないならば、教師は務まらない。いつまでも相手を自分の支配下に置こうとするのは、教師失格といわれても仕方ないだろう。作家たちは成長するにしたがって、作家自身の個性を押さえつけて、自分好みの型に当てはめようとする福島サイドのやり方に、不満を募らせていった。

福島体制への批判が表面化する直接の引き金となったのは、「SFマガジン」昭和四十四年二月号に掲載された匿名座談会だった。通常、SF界の作家・編集者仲間は、背中を向けている相手の悪口は言ってもいいといわれるほど辛らつな揶揄を口にし合ったものだが、それは相互の信頼関係を基盤にしていた。ところが匿名では相手が誰だか分からない。顔の見えない相手に、馴れ馴れしい口調で辛らつな批評を加えられた作家たちは激しい拒否反応を起こし、その怒りは福島編集長への反感として爆発した。匿名座談会の出席者は石川喬司、伊藤典夫、稲葉明雄、福島正実、森優で、同じ内容でも匿名でなければそれほどの騒ぎにはならなかったのかもしれないが、一度噴出した福島体制批判は止まらなかった。匿名批評で俎上に載せられた作家たちは「ＳＦマガジン」誌上に反論を掲載させた上で、同誌にはもう作品を発表しないと宣言した。ＳＦは次第に広く出版界に受け入れられるようになっており、ＳＦ作家は「ＳＦマガジン」以外にも書く場所が得られるようになっていた。

矢野徹が仲裁に奔走したがＳＦ作家たちの怒りは収まらず、福島正実が編集長を辞任し、さらに早川書房を退職することでようやく事態は収拾された。

思えばこの出来事は、七〇年安保を控え、日本中に闘争の熱気が満ちていた時期に起きており、そうした風潮に感化された面もあったのではないか。ちょうどこの時期、ＳＦファンダムでも一種の抗争が発生した。

ＳＦファンダムでは老舗「宇宙塵」の存在感は別格のもので、同誌に掲載された作品が「ＳＦマガジン」に転載されるというのが、ファン作家がプロになる道筋として定着していた。その一方で、各地に続々と生まれた他のＳＦ同人誌の優れた書き手が、「宇宙塵」に招聘されるということもあり、この雑誌はファンダムに君臨している感があった。

昭和四十年には柴野拓美が声をかけて、日本ＳＦファングループ連合会議が発足したが、当初の参加団体は十二だった。連合会が設けられたのは、第五回日本ＳＦ大会（ＴＯＫＯＮ２）で日本ＳＦファンダム賞が制定されたのに伴い、これを今後も継続していくためにも、ファンダムの連絡会が必要となったためだった。

ちなみにこの年、北海道に荒巻義雄を中心に北海道ＳＦクラブ（後のコア・クラブ）が生まれている。昭和四十二年には瀬戸内海ＳＦ同好会が結成され、会誌「イマジニア」が発行された。さらに昭和四十四年、山野浩一が「季刊ＮＷ─ＳＦ」を創刊した。同年には横田順彌・鏡明らが「ＳＦ倶楽部」を出し、翌四十五年には、当時中学生だった巽孝之が「科学魔界」をはじめている。ＳＦ第二世代、第三世代が着実に育っていた。

ＳＦファンは、ＳＦ大会などで顔を合わせる機会も多く、激しい議論を交わしながらも、基本的には世代を超えて交流していた（昭和三十九年に高校生以下だけの会員による「コアセルベート・クラブ」が結成されて、上の世代を批判したことはあったが）。

ところが昭和三十九年頃から、ＳＦファンダムのなかに、七〇年安保のパロディのような騒動をするグループが出てきた。「日本ＳＦ大会反対」や「国際ＳＦシンポジウム粉砕」を叫び、「ファンダムを支配する柴野拓美を倒せ」という声さえあがった。「革バグ」という同人誌は、「家宅捜索クラブ（科学創作クラブ）」の首魁「島野宅見（柴野拓美）」の家を襲い、家族の首が転がるという小説を載せた。ＳＦファン特有のブラックユーモアだったのだろうが、洒落にならなかった。

柴野はファン活動で不毛な対立をすることはないと、第十回日本ＳＦ大会（ＴＯＫＯＮ５）の実行委員長を降りた。若いＳＦファンがその後を引き継いで、ファンダム内の世代交代が進んだ一方、実際に自分たちで大会運営実務をすることで、若いファンは改めて先行世代の苦労を、身をもって理解することになった。

アポロ十一号、大阪万博、国際SFシンポジウム

この頃、広く世間の人々がSFに関心を向けるきっかけになる出来事が起こった。一九六九（昭和四十四）年、アポロ十一号が月面着陸に成功し、人類ははじめて月に降り立ったのである。SF作家はテレビや雑誌でひっぱりだこになった。その状況を見て、遠藤周作は「月に人類が立って、空想の余地がなくなれば、SF作家は食いっぱぐれだな」と冗談で発言したが、文学関係者のなかには、それを額面どおりに受け止めた人々もいたようだ。

当時、遠藤周作は「三田文学」の編集長をしており、同誌は昭和四十五年十月号で星新一と福島正実を招き、対談「S・Fと文学の出会い」を開いたが、その際に編集部員が「公害が文学になるのですか。（中略）なぜ文学があんなものにこだわらなければならないのですか」「そんなことを書いても文学にはならないと思いますが」などと、執拗にSFを否定するような言動を取った。これに対して星は「現実に生じていない問題は思考の外に排除すべきだという世界に住んでいるわけですか。文学が想像力を否定するものとは知らなかった」と応じている。あるいはこの編集部員は、遠藤の冗談を真に受けて、妙な使命感を抱いていたのかもしれない。

科学の進歩でSFは魅力を失うという主張は、科学は小説のテーマたり得ないという議論同様、古くから繰り返されてきた。しかし戦後日本のSFは、自然科学のみでなく、社会科学や人文科学的な言語実験・思考実験をも、重要なテーマとしてきた。その広がりは無限ではないかもしれないが、少なくとも容易に枯渇し、限界に達するほど浅いものではなかった。

昭和四十五年には、大阪で万国博覧会（ＥＸＰＯ'70）が開催された。総合プロデューサーに任じられた岡本太郎が「太陽の塔」をデザインし、梅棹忠夫らに嘱望されてサブプロデューサーになった小松左京は、その展示内容をプロデュースした。大阪万博には七十七ヶ国が参加したほか、多くの日本企業が参加して各展示館を出館したが、ＳＦ作家の多くがそれらのコンセプト作りに関与した。また開催期間中にはメディアに依頼されて取材に当たったＳＦ作家も多かった。大阪万博はＳＦ的思考が一般に浸透するきっかけともなった。荒巻義雄は〈アイザック・アシモフの言によれば、ＳＦの第一段階は冒険主流であり、第二段階は科学技術主流である。さらにその後に第三段階の社会科学主流のＳＦがつづく。／日本の現代ＳＦは、およそこの第三段階より始まっており、大阪万博に象徴されるわが国の高度成長期時代とうまく重なったわけである〉（『シミュレーション小説の発見』）と、当時の様子を回想している。

大阪万博に合わせて、日本で国際ＳＦシンポジウムが開催された。イギリスからアーサー・Ｃ・クラークとブライアン・オールディス、アメリカからフレデリック・ポール、カナダからジュディス・メリルが来日したほか、ソ連からも四人の作家が参加した。これは東西両陣営のＳＦ作家が会する最初の機会でもあった（なお、昭和四十二年に、福島正実と安部公房が中心になって、ハインライン、クラーク、レム、アルカディ・ストルガツキーを日本に招いて国際ＳＦ作家会議を行う計画があり、四氏の承諾を得たにもかかわらず、資金難から実現できなかったという経緯があった）。議長は星新一、実行委員長は小松左京、副委員長は平井和正だったが、海外作家招聘などの実務は事務局長の大伴昌司が奔走し、会場の進行は、当時、まだフジテレビにいた野田昌宏が、翻訳や通訳は斎藤伯好、袋一平、深見弾らが担当した。

国際ＳＦシンポジウムは東京、名古屋、大津の三ヶ所で行われ、未来をどのように描くべきかなどについて熱い議論が交わされた。閉会の際に採択された「国際ＳＦシンポジウム共同宣言」には〈私たちはＳＦを通じて結ばれ、私たちが一つの家族であることに気づきました。私たちは人類愛にもとづく確信をもって、ＳＦが世界平和のために、未来と人類のため、大きな効果を発揮しうるようになるものと信じております〉という言葉が刻まれた。

日本ＳＦは豊かな成長を遂げた。というよりは、日本社会はようやくＳＦを理解し、必要とする程度の達成を手にした、というべきかもしれない。そして昭和四十八（一九七三）年に決定的な本が出版される。小松左京の『日本沈没』である。

『日本沈没』の出現、ＳＦの〈浸透と拡散〉

『日本沈没』が出版された昭和四十八年とは、どういう年だったのだろうか。周知のようにそれは、石油ショックが起こり、物価が高騰し、高度経済成長に翳りが見え始めた不安な年だった。この年、ノンフィクション（中身は偽史的フィクションだが）の五島勉『ノストラダムスの大予言』（祥伝社）がブームとなり、雑誌「終末から」（筑摩書房）が創刊された。同誌には赤瀬川原平、中井英夫、井上ひさし、野坂昭如、そして小松左京が執筆していた。また宇井純や丹羽五郎、さらには三里塚青年行動隊のインタビュー記事なども載っており、七〇年安保闘争以降、あるいは連合赤軍事件（一九七一～七二）以降の新左翼退潮期にあって、特異な雰囲気をかもし出していた。それは六〇年代に若者文化として擡頭したサブカルチャーが、ノン・ポリ的という世間一般のイメージとは裏腹に、革新思想やアンダー・グラウンドの諸活動と関連し続けていたことを、はっきりと刻印している。

またこの年は、戦後ＳＦの大きな転換点となった年でもあった。それまで月間ペースを守っていた「宇宙塵」が不定期刊になる一方、雑誌「幻想と怪奇」が創刊。早川書房は、日本ＳＦの文庫レーベル「ハヤカワ文庫ＪＡ」をスタートした。安部公房スタジオが誕生したのもこの年だった。何かが成熟し、まだまだ可能性はあって、しかし何かが終わろうとしていた。『日本沈没』はツゾー・ウィルソンの「海洋底拡大説」を援用し、地殻変動によって日本列島が失われる状況を描いている。その時、日本人や日本文化はどうなるのか。小松左京は、この全体小説を構築するに当たって、思想的・政治的主張は極力排除している。国際政治の暗部や日本の政治行政システムの非効率的機能を問題にすることもせず、そのような限界のあるなかで、人間が何をなしえるのかを描いた。その意味でこの作品は、海野十三が「空襲葬送曲」で試みたことの理想的完成系であるように、私には思える。『日本沈没』では、政府首脳をはじめとする国家権力は、全力を挙げて地震対策・沈没対策に取り組み、その不可避を認識したあとは、速やかに国民の生命を守ることに全力を注ぎ、一人でも多くの日本人を海外に脱出させるために奔走する。ところで今、改めて『日本沈没』を読むと、職人的情熱に支えられたエンジニアたちの挑戦にはまだしもリアリティが感じられはするものの、政治家たちの高潔な姿には、哀しいほど実感が涌かない。

ちなみに小松左京が『日本沈没』のなかで、情感を込めて惜しんでみせたのは、日本という国家の政府や政治システムではない。日本列島という大地が持つ自然であり、その風土が育んできた文化や伝統である。日本がいよいよ滅亡しようとする時、主人公の田所博士は、次のように語る。「日本人というものは……この四つの島、この自然、この山や川、この森や草や生き物、町や村や、先人の住みのこした遺跡と一体なんです。（中略）気候的にも地形的にも、こんなに豊かな変化に富み、こんなデリケートな自然をはぐくみ、その中に生きる人間が、こんなにラッキーな歴史を経てきた島、というのは、世界中さがしても、ほかになかった。……日本という島に惚れることは、私にとっては、最も日本らしい日本女性に惚れることと同じだったんです」と。

このような「日本（風土）賛美」ゆえに、当時、『日本沈没』を保守的で復古的な思想で書かれたものと見做した識者も、少なくなかった。SFのアイロニカルな手法は、不慣れな読者には誤読を誘発しやすく、的外れの批判を惹起しやすい。実はこの前年、田中角榮は『日本列島改造論』を発表し、開発という名の風土破壊が本格化しつつあった。

興味深いのは、この時期、伝統的な文化体系に属しながらも、革新的な思想の持ち主だと自負していた進歩的文化人の多くが、往々にしてSFやサブカルチャーが持つ批判精神を読み落としていたという事実だ。彼らは、自分たちの主張や思想とも相通じる内容を持っている対象を、その表現手法への偏見から誤認し、否定した。あるいは、自らの思想と近似したものを感じながらも、自分とは異なる方法を用いて容易（に見えたのだろう）に表出するものとして、憎悪した。

そんななかで大江健三郎は、昭和四十八年に雑誌「世界」に連載していたエッセイ「状況へ」のなかで、怪獣映画への微妙な偏見を交えながらも、鋭い指摘をしている。

〈いわゆる「日本列島改造計画」のように科学的機械力による大規模な自然の破壊は、ウルトラマンの活動さながらついには正義の科学的行為であるとする宣伝は、ウルトラマン的想像力に慣れている人びとの耳にやさしく聞きとれるだろう。もし政府が「日本列島改造計画」を国民に宣伝するテレヴィ・ネットを買いこもうとするならば、ウルトラマン的超人間科学スターの活躍する怪獣映画の番組ほどにも好適なコマーシャル媒体はないにちがいない。もっともいま怪獣映画にうつつをぬかしている子供が大人になって、おおはばに「改造」された日本列島のありとあらゆる場所で、救いをもとめる叫び声をあげるとしても、汚染された海からミラーマンはあらわれず、汚染された空からウルトラマンはやってこないのであるが。ただ透明な怪獣どもの大群が通過して行ったかのような、破壊のあとのみがかれらの眼にあきらかであるのみなのであるが……〉

SF、特にジュヴナイル作品では、たしかにウルトラマン的存在が現れて、唐突なハッピーエンドがもたらされることが多い。しかし、ウルトラマンはいない。そのことをこそ、SF的手法によって描かれた「世界」から読み取るのが、読者の責務だろうというのが、怪獣世代に育ったSFおたくである私の基本認識だ。

『日本沈没』に描かれたような政府は、現実には存在しない。自己保身に走らず、見返りも期待できないのに国民のために努力する政府高官や、滅亡することがわかっているのに、最後まで効率的に機能する国家システムなどといったようなものは、海野十三の小説に登場する「新兵器」と同じで、虚しい幻想にすぎない。存在しない「理想」を描くことで、小松や海野の小説は、それが欠落している現実を告発していた。そしてそれこそが、『復活の日』ですでに世界の滅亡を描いた小松が、あえて日本一国の崩壊という「小さな問題」を描かねばならなかった本当の理由だった、と私は睨んでいる。

『日本沈没』は四百万部というベストセラーになった。SFは、もはやマイナーな、いつ消えるか分からないジャンルではなくなった。

SFの手法は、他の文芸ジャンルにも広まり、純文学作家のなかにもこれを取り入れる動きが見られた。SF作家たちは各自がそれぞれのスタイルを確立し、その表現の幅はますます多様化した。その一方で、「SFは何か」は再びあいまいになり、中心課題が見えにくくなった。

昭和五十(一九七五)年、神戸でSF大会が開かれたが、その名誉実行委員長を務めた筒井康隆は、大会のメインテーマをSFの「浸透と拡散」とし、本部企画として、SF作家による座談会を催した。平井和正は、これを「変質と解体」と言い換えてみせたが、それはSF者特有のユーモアだった。作風に開きがあるものの、SF作家はみんな、自分が書いているのがSFなのだと信じていた。そしてSFは、これより後、さらに多様な広がりを見せるのだが、しかしその幅広さを飲み込んで、今なお「SF」であり続けている。

駆け足で昭和五十年まで来た。この前後に、田中光二、山田正紀、山尾悠子ら第二世代の作家が続々とプロデビューしている。SF誌「奇想天外」は昭和四十九年、幻想文学研究誌「牧神」と探偵小説専門誌「幻影城」は昭和五十年に創刊された（「奇想天外」は短期で休刊し、その後、二度にわたって復刊することになる。当時、澁澤龍彦による仏文系、種村季弘による独文系の幻想文学紹介はSFファンにも大きな影響を与えていたが、英米系幻想文学については「幻想と怪奇」の紀田順一郎・荒俣宏ラインと、「牧神」の由良君美ラインの双方が、その任を果たしていた。どちらの雑誌も短期で終わってしまったが、後世にも大きな影響を及ぼした。なお「牧神」には小冊子様のマイナス3〜1号がある）。SFが本当に盛り上がるのはこれからだ。SFだけでなく、今にして思えば、ミステリーも、ホラーも、幻想文学も、アニメも、ゲームも、みんなこれからだった。みんな「これから」なのに、もう「これだけ豊か」であるような歴史的蓄積を保有するわれわれは、何と幸せなのだろう。

この「日本SF精神史」は、現在のSF作家、SF読者一人ひとりの個人史に続く物語の、ひとつの始まりなのだ。

あとがき

私はいつも、自分が興味を抱いていることしか書けない。そのため、書いている時はたいてい楽しい。それでも本書のように、書いているあいだ中、ずっと楽しかったのは珍しい。十九世紀半ばからおよそ百年の日本SF史を書きながら、私はとても幸福だった。ハヤカワSFシリーズや日本SFシリーズの作品名を書き記しながら、自分がそれらにはじめて接した時の感動を反芻していた。

私は昔から出不精で、SFファンのわりにはイベント参加に熱心ではない。SF大会のスタッフをやったこともないし、日本SF作家クラブに入ってからも、一回しか例会に出席していない。入会十年目くらいにして、はじめて入会の挨拶をして、高千穂遙先生（「あとがき」では、凡例に従わず、敬称つきで記す）に「とんでもない野郎だなあ」と笑われた。すいません。

そんな私にも、SFに関する思い出はたくさんある。

私は思い出す。SF大会などの合宿先で、徹夜で「酒場」を開き、若いファンが次々と倒れるなか、ひとり赤い顔に満面の笑みを浮かべながら、「いらっしゃ〜い」と手招きする矢野徹先生の姿を。

あるいは、ご機嫌な表情の星新一先生に、一緒に挨拶しようとある作家さんと並んで近づいたら、その人が「マズイ。既に酔っている」とつぶやくや、T字旋回で逃亡し、ひとりにされた思い出……。

また、今日泊亜蘭先生の出版記念会での一コマ。乾杯前の今日泊先生自身の挨拶はちょっと長めで、会場には私語する声が聞かれた（SF関係者は、みんな話好きだ）。そんななか、今日泊先生は前列で私語する者を注意した。「そこ、うるさい。黙れ、星」と。それほど酔っていない時は礼儀正しい星新一先生は、年長者の前で居住まいを正された。（星先生を呼び捨てにするなんて！）という一瞬のどよめきの後、会場は静まり返った。さらにその後、来賓の渡辺啓助先生が挨拶されたが、開口一番「若い人の出版記念会に出席するのは嬉しい」と発言され、（今日泊先生を「若い人」だって！）というどよめきが、ふたたび会場を波立たせた……。

作家は誰でも、孤独に仕事をする。SF作家も例外ではない。しかし日本のSF界では、孤独な作家たちが孤立することなく、互いに切磋琢磨し、交歓し、議論や喧嘩も含めて密接に関わりあいながら、自分を磨き、このジャンルを育ててきた。その歴史の連続性は、現在のSFファンひとりひとりにまでつながっているはずだ。

本書は、限られた枚数のなかで、幕末から日本SFの定着までという長い期間について取り上げたが、SFファンにはあまりよく知られていない明治期の作品や議論の紹介に比重を置いたために、それ以降、現代に近づくにつれて駆け足とならざるをえなかった。私は機会があれば、現在に至るまでの、その後の日本SF史も含めて、日本SF百五十年の作品・作者の総体を、紀伝体の歴史を編纂したいという夢を抱いている。タイトルはもう決まっていて、『大日本SF史』だ。これはSF作家の列伝（紀伝）、テーマごとの作品論（『史記』でいえば志・表に相当する）をすべて備えたもので、完成したら六百六十六冊くらいになるだろう。もっとも、水戸藩が江戸時代前期に編纂をはじめた『大日本史』は明治時代に完成するまで二百五十年ほどかかっており、『大日本SF史』もたぶん二百年はかかるだろう。そうなると、その二百年分のSF作家・作品についても、後から書き加えねばならず、さらに四百年ばかりかかるかもしれない。――そういうわけで、私の今後の予定は、殆どそれ自体がSFなのだが、こうした思考が自然に広がること自体、日本SF百五十年の先達たちの薫陶のおかげだと感謝している。

思想家のミシェル・セールは『ジュール・ヴェルヌの世紀』によせた序文で〈今日、科学と社会の間の界面を活性化させるためにわれわれに足りないもの、それは「もうひとりのジュール・ヴェルヌ」である〉と述べていた。しかし足りないのは作家ではなく読者であり、さらにいうなら「出会いがないだけ」という今時の結婚事情のようなものなのではないかと思う。本書が、SF人口の少子化対策に、多少とも役立つことを願ってやまない。

なお本書は、多くの方々の御協力を得て成ったものだが、特に横田順彌先生からは、折にふれて「古典SFの通史は君が書け」と叱咤激励され、貴重な本もお譲り頂いた（とはいえ、「奇想小説」という概念を提唱して、さらに幅広く埋もれた作品を再評価しようという横田先生の研究が、再開されることを願ってやまない）。なお、本書は古典SF研究会の会誌「未来趣味」に昭和六十三年以来、断続的に書いてきたものや、「文学」（二〇〇七年七・八月号）の〈特集＝SF〉に発表した

「日本SFは百五十年になる」を骨子としている。岩波書店の岡本潤氏に感謝している。また、いよいよまとめるに当たっては河出書房新社の藤﨑寛之さんに大変お世話になった。記してお礼申し上げます。

平成二十一年九月

長山靖生

主要参考文献

（本文中に明記した創作・雑誌掲載論文は除く）

會津信吾『昭和空想科学館』（里艸、一九九八）
會津信吾編『日本科学小説年表』（里艸、一九九九）
荒井欣一『ＵＦＯこそわがロマン』（私家版、二〇〇〇）
荒巻義雄『シミュレーション小説の発見』（中央公論社、一九九四）
安在邦夫・田崎公司編著『自由民権の再発見』（日本経済評論社、二〇〇六）
生島治郎『浪漫疾風録』（講談社文庫、一九九六）
石川喬司『ＳＦの時代』（奇想天外社、一九七七）
石川喬司編『日本のＳＦ（短編集）古典篇』（早川書房、一九七一）
一柳廣孝編著『オカルトの帝国』（青弓社、二〇〇六）
宇宙塵編『塵も積もれば・宇宙塵40年史（改訂版）いつまでも前向きに』（宇宙塵、二〇〇六）
江戸川乱歩『探偵小説四十年』（桃源社、一九六一）
蛯原八郎『明治文学雑記』（学而書院、一九三五）
大石雅彦『「新青年」の共和国』（水声社、一九九二）
大江健三郎『核時代の想像力』（新潮選書、一九七〇）
大久保房男『終戦後文壇見聞記』（紅書房、二〇〇六）
小栗又一『龍溪矢野文雄君伝』（大空社、一九九三）
越智治雄『近代文学成立期の研究』（岩波書店、一九八四）
笠井潔編著『ＳＦとは何か』（日本放送出版協会、一九八六）
加藤秀俊・前田愛『明治メディア考』（中央公論社、一九八〇）
紀田順一郎『幻想と怪奇の時代』（松籟社、二〇〇七）
紀田順一郎『戦後創成期ミステリ日記』（松籟社、二〇〇六）
紀田順一郎『明治の理想』（三一新書、一九六五）
小松左京『威風堂々　うかれ昭和史』（中央公論新社、二〇〇一）
小松左京『小松左京のＳＦセミナー』（集英社文庫、一九八二）
小松左京『ＳＦ魂』（新潮新書、二〇〇六）

小松左京『小松左京自伝』（日本経済新聞出版社、二〇〇八）
小松左京『未来の思想』（中公新書、一九六七）
小松左京（座談集）『SFへの遺言』（光文社、一九九七）
権田萬治『日本探偵作家論』（幻影城、一九七五）
最相葉月『星新一——一〇〇一話をつくった人』（新潮社、二〇〇七）
霜月たかなか編『誕生！「手塚治虫」』（朝日ソノラマ、一九九八）
スーヴィン、ダルコ、大橋洋一訳『SFの変容』（国文社、一九九一）
武田楠雄『維新と科学』（岩波新書、一九七二）
巽孝之『ジャパノイド宣言』（早川書房、一九九三）
巽孝之『日本変流文学』（新潮社、一九九八）
巽孝之編『日本SF論争史』（勁草書房、二〇〇〇）
筒井康隆『着想の技術』（新潮社、一九八三）
富田仁『ジュール・ヴェルヌと日本』（花林書房、一九八四）
豊田有恒『あなたもSF作家になれるわけではない』（徳間書店、一九七九）
ド・ラ・コタルディエール、フィリップ／ドキス、ジャン＝ポール監修、私市保彦監訳『ジュール・ヴェルヌの世紀』（東洋書林、二〇〇九）
中島河太郎『日本推理小説史』全三（東京創元社、一九九三〜九六）
長山靖生『怪獣はなぜ日本を襲うのか？』（筑摩書房、二〇〇二）
長山靖生『奇想科学の冒険』（平凡社新書、二〇〇七）
長山靖生『偽史冒険世界』（筑摩書房、一九九六）
長山靖生『近代日本の紋章学』（青弓社、一九九二）
長山靖生編著『懐かしい未来』（中央公論新社、二〇〇一）
日本近代文学館編『日本近代文学大事典』全六（講談社、一九七七〜七八）
野田昌宏『SF考古館』（北冬書房、一九七四）
林季樹編『近藤真琴先生伝』（攻玉社、一九三七）
伴俊男・手塚プロダクション『手塚治虫物語　1928〜1959』（朝日文庫、一九九四）
平井隆太郎著・本多正一編『うつし世の乱歩　父・江戸川乱歩の憶い出』（河出書房新社、二〇〇六）
福島正実『SF散歩』（文泉、一九七三）
福島正実『未踏の時代』（早川書房、一九七七）
福島正実編『SF入門』（早川書房、一九六六）
福島正実編『日本SFの世界』（角川書店、一九七

七）
前田愛『近代読者の成立』（有精堂、一九七三）
松井幸子『政治小説の論』（桜楓社、一九七九）
三浦雅士『メランコリーの水脈』（福武書店、一九八四）
柳田泉『政治小説研究』全三（春秋社、一九六七〜六八）
柳田泉『明治初期翻訳文学の研究』（春秋社、一九六一）
柳田泉・勝本清一郎・猪野謙二編『座談会　明治文学史』（岩波書店、一九六一）
矢野徹『矢野徹・ＳＦの翻訳』（奇想天外社、一九八一）
山村正夫『推理文壇戦後史』（双葉社、一九七三）
山村正夫『続・推理文壇戦後史』（双葉社、一九七八）
横溝正史『探偵小説五十年』（講談社、一九七二）
横田順彌『日本ＳＦこてん古典』全三（早川書房、一九八〇〜八一）
横田順彌『百年前の二十世紀』（筑摩書房、一九九四）
横田順彌『明治「空想小説」コレクション』（ＰＨＰ研究所、一九九五）
横田順彌・會津信吾『快男児　押川春浪』（パンリサーチ、一九八七）
横田順彌・會津信吾『新・日本ＳＦこてん古典』（徳間文庫、一九八八）
吉田司雄・奥山文幸・中沢弥・松中正子・會津信吾・一柳廣孝・安田孝『妊娠するロボット』（春風社、二〇〇二）
ワット、アンドリュー／長山靖生『彼らが夢見た2000年』（新潮社、一九九九）
「冒険世界」「探検世界」「武侠世界」「科学世界」「新青年」「ぷろふいる」「探偵文学」「シュピオ」「宝石」「ＳＦマガジン」「幻影城」「幻想文学」「宇宙塵」「未来趣味」各号

河出ブックス 007

日本《にほん》SF精神史《せいしんし》——幕末《ばくまつ》・明治《めいじ》から戦後《せんご》まで

2009年12月20日 初版印刷
2009年12月30日 初版発行

著者——長山靖生《ながやまやすお》
発行者——若森繁男
発行所——株式会社河出書房新社
〒151-0051 東京都渋谷区千駄ヶ谷2-32-2
電話03-3404-8611(編集)/03-3404-1201(営業)
http://www.kawade.co.jp/

装丁・本文設計——天野誠(magic beans)
組版——株式会社キャップス
印刷・製本——中央精版印刷株式会社
落丁・乱丁本はお取り替えいたします。
Printed in Japan ISBN978-4-309-62407-5

河出ブックス

001 石原千秋
読者はどこにいるのか
書物の中の私たち
62401-3

文章が読まれているとき、そこでは何が起こっているのか。読む／書くという営為にいっそうの深みを与える「読者論」のエッセンス。

002 島田裕巳
教養としての日本宗教事件史
62402-0

日本人にとって宗教とは何なのか。仏教伝来から宗教の「お一人様化」まで、24の事件から読み解く、心と信仰の日本社会史。

003 橋本健二
「格差」の戦後史
階級社会 日本の履歴書
62403-7

格差／貧困論議には長期的な視野が欠けている。調査データを丁寧に追いながら、問題のありかを歴史的文脈から探る、日本社会論必携の一冊。

004 紅野謙介
検閲と文学
1920年代の攻防
62404-4

文学が自由だったことは一度もない。検閲が過酷さを増してゆくファシズム前夜、文学者・編集者は見えない権力といかに闘ったか——。

005 坂井克之
脳科学の真実
脳研究者は何を考えているか
62405-1

空前の脳科学ブーム。そのわかりやすさに潜む危うさとは？　第一線の研究者による脳科学批判の書。研究のダークサイドにもメスを入れる。

006 西澤泰彦
日本の植民地建築
帝国に築かれたネットワーク
62406-8

かつての日本帝国が植民地支配を続けた背景には、人・物・情報のネットワークがあった。——植民地建築を鍵に支配の実態と深度を問い直す。